1.ª edición, marzo 1993
2.ª edición, diciembre 1994
3.ª edición, julio 1995
4.ª edición, septiembre 1996
5.ª edición, septiembre 1997

Juan Ignacio Luca de Tena, 15. 28027 Madrid

ISBN: 84-207-4937-0
Depósito legal: M. 20.661/1997
Compuesto en Puntographic, S. A. L.
Sol Naciente, 31. 28027 Madrid
Impreso en ANZOS, S. A.
La Zarzuela, 6
Polígono Industrial Cordel de la Carrera
Fuenlabrada (Madrid)
Impreso en España - Printed in Spain

E S P A C I O

Colección dirigida por
Norma Sturniolo

A B I E R T O

ESPACIO ABIERTO

Diseño y cubierta de
Manuel Estrada

ESPACIO ABIERTO

Manuel L. Alonso

El regreso de Jack

ANAYA

«Durante toda su vida, un hombre
es lo que de él han hecho sus
diez primeros años.»

Leonardo Sciascia

1

Con sus barrigas falsas y sus barbas de algodón, medio centenar de Santa Claus se repartían por la ciudad, vestidos de rojo y sonrientes a toda hora, a cuál más obsequioso y bonachón. En unos grandes almacenes, la imagen de Santa Claus se había apoderado de los escaparates: gordos autómatas, parecían seguir el compás de los villancicos sosteniendo papeles pautados o moviendo con repetida cadencia los instrumentos de música.

En vísperas de navidad, las calles del centro aparecían muy concurridas a pesar del frío. El viento, que en los suburbios aullaba con furia, se apaciguaba un tanto en esas calles muy iluminadas.

Una hora antes, lejos, en su barrio, un chico había sido un *cowboy* solitario. Ahora, era un famoso criminal, aunque las personas que se cruzaban con él no podían sospecharlo. Para el chico, la navidad no significaba únicamente una tregua en las clases diarias y un mayor número de horas ante el televisor. Era sobre todo la oportunidad de vagabundear a solas por la ciudad.

Para ello tenía que contar algunas mentiras en

casa, pero eso no era un problema para un temible Enemigo Público que en ese mismo instante se disponía a asaltar el Banco de Inglaterra.

Mientras entraba al gran almacén, se suponía que estaba en casa de un compañero de clase; gracias a eso en su casa no le esperaban hasta pasadas las ocho. Como llevaba un par de días incubando un resfriado, el brusco cambio de temperatura amenazó con poner a destilar su nariz. Su forma de limpieza, y acaso su corte de pelo un poco anticuado, le delataban como hijo de familia modesta. Los chicos nacidos en un hogar donde sobra el dinero tienen una seguridad especial en sus ademanes y no hacen ciertas cosas. Por ejemplo, nunca van solos al centro de la ciudad.

Las escaleras mecánicas le llevaron a la planta de juguetes, de inesperada magnificencia: juegos electrónicos, de mesa, deportivos, educativos, bélicos, y hasta algunos que tenían un poco de todo; refinadas maravillas de las que luego disfrutan los padres, todo lo que anunciaban en televisión, un emocionante laberinto de mostradores a cuál más sugestivo. Las vendedoras estaban lejos de ser tan complacientes con los chicos solos como con aquellos que iban acompañados de sus padres, de modo que había que proceder con precaución si se quería tocar todo y probarlo todo.

Se detuvo largamente frente a un mostrador lleno de pequeños juegos de bolsillo, la mayoría de los cuales estaban contenidos en un estuche no mayor que una paquete de tabaco. Uno de ellos, el que más le gustaba, costaba sólo un poco más de lo que llevaba encima. Lástima.

Miró a su alrededor para asegurarse de que nadie le observaba. Fue retirando el estuche muy lentamente, procurando sobre todo que su expresión reflejase una absoluta inocencia. Lo ocultó bajo su cazadora, encogiéndose como si una mano estuviese a punto de caer sobre él desde atrás. Tuvo que hacer un gran esfuerzo para alejarse. Era como si el suelo se hubiera vuelto de pronto pegajoso. Su cerebro, sin embargo, funcionaba mejor que nunca. El niño empezaba a aprender que eso siempre sucede en los momentos de peligro. Decidió bajar por las escaleras que nadie usaba, puesto que todo el mundo prefería las mecánicas o los ascensores.

Las alcanzó sin problemas, bajó el primer tramo. Empezó a respirar tranquilo. Fue entonces cuando le sujetaron por el brazo.

—Espera, no tan deprisa.

El hombre no iba de uniforme, debía de ser uno de esos vigilantes que se camuflan entre el público; había oído hablar de ellos.

Era un hombre alto, de ojos grises. No sonreía ni parecía dispuesto a concederle la oportunidad de considerar aquello como una pequeñez sin importancia.

—Tendrás que acompañarme —dijo.

El chico se había sonrojado y por puro instinto mantenía los ojos bajos intentando inspirar compasión.

—Yo no he hecho nada.

—He estado vigilándote desde hace rato. He visto cómo te guardabas eso. No, no lo saques ahora. Ya lo devolverás cuando yo te lo diga.

La voz del hombre era severa pero sin exceso, como si no quisiera correr el riesgo de amedrentar al chico y que se echase a llorar allí.

La escalera continuaba desierta.

—¿Dónde vives?

Respondió el niño, sin descuidar su actuación de buen chico arrepentido.

—Bien, vamos a ver qué dice tu padre de esto.

Alguien bajaba. Antes de que alcanzara a verlos, el hombre condujo al niño hacia la planta de la calle. Lo llevaba a medias sujeto por un hombro, con naturalidad; cualquiera los hubiese tomado por padre e hijo. Llegaron a la puerta sin llamar la atención.

En la calle, el chico no sabía si sentirse más tranquilo o temer que el hombre le llevase de veras a su casa.

—Por favor, no le diga nada a mi padre —pidió, pues en el peor de los casos su madre sería más comprensiva.

—Eso depende de ti. De momento vamos hacia tu casa. Si por el camino me convences de que era la primera vez que lo hacías, no te pasará nada; te dejaré en la puerta de tu casa y me conformaré con apuntar tu dirección para que no se te ocurra repetir lo que has hecho.

Caminaban entre transeúntes cargados con sus compras de navidad; seguían oyéndose villancicos que emitían los altavoces instalados en tiendas y puestos callejeros. Conforme se alejaban del centro, la noche parecía hacerse más fría y oscura, a pesar de que no eran mucho más de las siete. Llegaron a una avenida a la que no había alcanzado la iluminación navideña. El hombre caminaba aprisa y la presión de su mano en el hombro del chico se había hecho más fuerte.

—Le prometo que lo pagaré —dijo el niño.

Su propia voz le sonó extraña y el hombre no se dignó contestarle.

—No hace falta que me lleve agarrado —protestó débilmente.

El hombre le miró fugazmente. Sus ojos estaban turbios. Empujó al chico hacia un solar con un gran trozo de valla caída.

El niño se limpió la nariz. Empezaba a estar realmente asustado. Desconfiaba.

—¿Es usted policía o empleado de los grandes almacenes?

El hombre se aseguró de que aquella parte de la avenida estaba desierta y tiró de él hacia el solar.

—Enséñeme su placa.

—No tengo que enseñarte nada. Eres tú el que va a tener que dar explicaciones cuando estemos delante de tu padre.

Pero el pequeño ya no le creía. Clavó los pies firmemente en el suelo determinado a no dar un paso más.

—A mi casa no se va por aquí. Esto es un solar y no lleva a ninguna parte.

El hombre le empujó hacia la oscuridad. Ya eran prácticamente invisibles desde la calle. El viento removía los desperdicios. Gritó el niño y el hombre lo derribó sobre un montón de escombros.

El niño rodó sobre sí mismo, se puso en pie nuevamente y corrió hacia la luz de las farolas. Volvió a gritar y el hombre quedó a su espalda aturdido e indeciso. Mientras el chico llegaba en demanda de protección hasta un bar cercano, él corrió también pero en dirección opuesta.

Al final de la avenida tomó una calle cualquiera y moderó su paso para serenarse. Era un barrio tranquilo, de casas bajas. Apenas se cruzaba con otros transeúntes, gentes que caminaban encorvadas como los personajes de los viejos tebeos.

Al llegar a una tienda se detuvo un instante para contemplarse en el cristal del escaparate. La puerta se abrió dando paso a un niño de unos siete años.

Debía vivir cerca, tal vez en la misma calle. Seguramente le habían enviado a hacer alguna compra de última hora para remediar un olvido de su madre.

El hombre se puso a seguirlo. Era su oportunidad de resarcirse, de vengarse. Apresuró el paso hasta rebasar al pequeño, cruzó la calle y buscó un lugar oscuro.

La verja de un pequeño jardín le sirvió para ocultarse. A su espalda, la casa parecía deshabitada. Tenía que obrar con precaución para no asustar al niño, era preciso llamar su atención y procurar que se acercase voluntariamente. Empujó la cancela y comprobó que no estaba cerrada con llave. El jardín sería un lugar adecuado para su propósito.

En ese momento el pequeño llegó bajo la farola más próxima; era un niño delgadito, caminaba distraído dando patadas a todas las piedras que encontraba, llevaba un chubasquero rojo y se había colgado al hombro la bolsa con la compra igual que un vagabundo con su hatillo. Cinco pasos le separaban del hombre. Cuatro. Tres pasos. Dos.

Iba por el bordillo y quedaba por tanto fuera del alcance de los brazos que aguardaban en las sombras. El hombre tuvo que llamarle.

—¡Eh, niño!

Se detuvo, más sorprendido que asustado por la presencia de aquel hombre inmóvil en la oscuridad.

—Niño, ¿quieres un caramelito?

Eran unas palabras desatinadas que hubieran bastado para alarmar a cualquier otro niño, pero dieron resultado. Tal vez porque no había entendido bien, o por simple curiosidad, el pequeño dio un paso hacia la entrada del jardín.

El hombre sólo tuvo que estirar los brazos, el uno para apresarle y el otro para taparle la boca.

Lo arrastró hacia el oscuro jardín, hacia las sombras, el frío césped y la húmeda tierra.

Nana fue la última en llegar, como siempre. Era su forma de protestar contra el reloj que la gerencia había hecho instalar un par de semanas antes junto a la puerta de entrada a la redacción. Introdujo la ficha con su nombre y la ofensiva denominación Auxiliar de Redacción, y comprobó la hora que había quedado impresa. Las dieciséis y veintiuno. Encima, el maldito trasto adelantaba.

Caminó entre las mesas taconeando con fuerza. Sabía que los más viejos hacían muecas a su espalda porque aún no se habían acostumbrado a trabajar con una chica de veinte años.

—Que vayas a ver al redactor jefe —dijo alguien.

—Primero me tomaré uno de esos cafés de porquería.

—Te advierto que está preguntando por ti desde las cuatro. Parece que te guarda algo bueno.

Miró a su compañero de mesa, un tipo con gafas de culo de vaso que se ocupaba de las páginas de cultura.

—¿Sabes de qué se trata?

—Un niño de siete años, creo. Estrangulado.

—¿Eso es algo bueno?

—Eres tú quien lleva un mes quejándose de que no haya en toda la ciudad un buen crimen para tu sección.

En su despacho, el redactor jefe revisaba a dos manos una montaña de papeles. Nana sospechaba que siempre tenía los mismos sobre la mesa, para dar la impresión de hombre atareado.

—Ya es hora, ¿no? Tengo algo para ti. Un niño de siete años, en el jardín de una casa deshabitada, en el barrio de la Floresta.

—Bueno, dame la dirección exacta; iré para allá en cuanto me tome uno de esos cafés de porquería. ¿Qué fotógrafo está disponible?

—Iranzo.

—Vaya.

Era uno de esos separados recientes que todo el día buscan un hombro femenino en el que apoyarse a lloriquear.

Volvió a su mesa, marcó el número de jefatura y preguntó por el inspector López.

—Hola, soy Nana. Me interesa lo del niño.

—Pues estás de suerte porque me han encargado el caso. Pero no es mucho lo que puedo decirte por ahora.

—¿Hubo violencia sexual?

—No. Todo debió de ocurrir en unos segundos. Tal vez el asesino no tuvo tiempo de asaltar sexualmente al pequeño porque oyó o vio que alguien se acercaba.

Nana se imaginaba al otro lado del hilo el rostro inexpresivo y los ojos fríos de López, su barba mal recortada y la calva incipiente.

—¿Qué sabes de los padres?

—No tenían más hijo que ése; el padre es viajante de comercio pero ayer no había salido de la ciudad, incluso estaba en casa, a cincuenta metros de distancia, cuando ocurrió.

—¿Testigos? ¿Habéis interrogado ya a los vecinos?

—Claro. Ni testigos ni huellas. Nada.

—¿Y en los ficheros?

—En los ficheros tenemos un par de centenares de tarados de todas clases, pero creo que el que ha hecho esto no tiene antecedentes. El crimen es el único delito para el que no se necesita ser profesional, ya sabes.

—Sí. Gracias, López. Te llamaré cualquier día.

—Que sea pronto.

Nana fue a la máquina del café, introdujo unas monedas y obtuvo un vasito de plástico medio lleno de líquido negruzco y caliente. Volvió a su mesa, derramó el café en la papelera y se sirvió en el vaso caliente dos dedos de whisky tras asegurarse de que ningún chivato la estaba espiando.

Tomó un sorbo de whisky. Sabía bien que el reglamento de régimen interno prohibía guardar o consumir alcohol allí, pero la mitad de los redactores escondían una botella en el último cajón de sus mesas.

—Café de porquería —gruñó en voz alta.

Luego fue a buscar al fotógrafo.

—Iranzo, ¿has traído coche?

—Claro.

Era una maldita lata depender siempre de los demás, pero no había forma de que le dieran el carnet.

—Pues vamos, tenemos trabajo. Un asunto bastante sucio.

—¿Lo del niño? Lo he visto en los diarios.

—Yo no. No he tenido tiempo de ver ningún diario y lo prefiero. Me molesta ver cómo revientan los temas despachándolos en cuatro líneas.

Al salir, miró de reojo la ficha en la que aparecía su nombre y su categoría en la nómina: Auxiliar de Redacción. No redactora, no. Auxiliar. Era novata, era mujer y tenía veinte años. Tres razones para permanecer en esa categoría durante mucho tiempo.

El frío de la calle la pilló por sorpresa. Alguien,

probablemente un loco, había matado a un niño de siete años. Recordó lo que López le había dicho una vez acerca de los asesinos no profesionales:

—Si no los detenemos en un plazo de pocas horas, es muy posible que no lo consigamos nunca.

—¿Quién querría matar a un niño de siete años? —preguntó en voz alta.

—Yo qué sé —respondió Iranzo—. A mí sólo me pagan por hacer fotos.

Una calle tranquila en la que nunca había pasado nada, un niño al que nadie ha visto jamás hablar con un desconocido. Asesinado a pocos metros de su casa cuando volvía de comprar azúcar y galletas. Ninguna huella.

La madre del pequeño apenas podía hablar. El padre permanecía más atento al fotógrafo, para impedirle que hiciera alguna foto, que a las palabras de Nana.

—Cualquier cosa que se les ocurra podría ayudar a detener a quien lo hizo. No reparen en decirme...

—Buitres —interrumpió el hombre—. Ahora fingís que habéis venido a ayudar, pero lo único que os interesa es...

—Por favor, no les hables así —la mujer interrumpió a su marido—. Déjame, los atenderé en un minuto; sólo intentan hacer su trabajo.

Salió el hombre de la habitación. La casa era vulgar, muebles convencionales de clase media. Sobre un estante de la librería, la foto de un niño vestido para una fiesta de disfraces, con una copa y un antifaz.

—Discúlpenle —dijo la mujer—; es que ya han venido otros periodistas, todos queriendo hacer fotos y pidiendo detalles morbosos. Usted es distinta.

—Gracias —dijo Nana procurando adoptar la expresión comedida más acorde con el papel que la mujer le atribuía—. No queremos molestarlos, le voy a dejar el número de mi revista y le pido que si recuerda alguna cosa, quizás un extraño merodeando por aquí o por el colegio de su hijo...

—Si yo tuviese alguna idea de quién ha podido ser, no les diría nada a ustedes ni tampoco a la policía.

—No comprendo.

La mujer la tomó de ambas manos como si pensara hacer alguna confidencia. Era joven y atractiva, aunque el llanto y el insomnio habían dejado bolsas bajo sus ojos. Ya no lloraba.

—No publiques lo que te voy a decir —pidió.

Nana estaba acostumbrada. Antes o después, todas las personas a las que entrevistaba le habían hecho esa petición. Asintió en silencio.

—Si llego a saber quién ha sido —dijo la mujer—, le mataré yo misma. Con mis manos. Y luego iré a la cárcel o adonde quieran enviarme.

Nana cerró su bloc y se puso en pie dando la espalda a la librería. Su compañero estaba a punto de disparar la cámara por sorpresa; le hizo un gesto negativo y se despidieron de la mujer.

—¿Por qué no me has dejado hacerle una? —dijo el fotógrafo, ya en la calle.

—Porque ella no quería. Derecho a la propia imagen, lo dice la Constitución.

—Haremos una cosa: yo no me meteré en tu forma de hacer tu trabajo y tú me dejas el mío a mi manera.

—Vale, no te enfades.

—Es que pareces el comisario Maigret, haciendo preguntas como si tu obligación fuera descubrir asesinos, y a la hora de las fotos te haces la estrecha. Bueno, tengo los pies reventados de ir casa por casa, y ya es de noche. ¿Volvemos?

Nana también estaba cansada. Había interrogado a todos los vecinos sin obtener resultados. Una calle tranquila, ninguna pista, nada.

Volvieron para encontrarse con la redacción totalmente desierta, las máquinas en sus fundas y las mesas recogidas.

—¿Qué ocurre, adónde han ido todos? —preguntó Nana al conserje.

—Se han marchado antes que de costumbre —dijo el viejo— y yo estoy a punto de irme también. No se trabaja en nochebuena.

Tres días más tarde, el redactor jefe le entregó una carta sin remite dirigida a ella. Se trataba de un mensaje compuesto con recortes de periódicos.

«Odio a los niños y seguiré matándolos hasta que me canse.»

Lo releyó en voz alta. Aunque no ignoraba que a veces en las redacciones se recibían anónimos de todo tipo, aquél era sin duda muy especial. *Odio a los niños*: una afirmación extraña y demasiado escueta para constituir una pista. *Y seguiré matándolos*: la bravata común entre cierta clase de homicidas. *Hasta que me canse*: era esa última parte la que más le intrigaba. Probablemente el criminal se expresaba con esas palabras porque le habían resultado más fáciles de componer que otras, pero por algún motivo le resultaban extrañamente familiares. Como si alguien en alguna ocasión anterior que también tenía relación con un crimen...

—*Déjà vu* —murmuró.

—¿Qué quieres decir? —preguntó el redactor jefe.

—Me suena a cosa conocida. ¿Por qué crees que nos lo ha enviado precisamente a nosotros, a mí? ¿Te parece que otras publicaciones habrán recibido también uno?

—Es posible, pero lo dudo; sólo ha enviado uno prácticamente igual a una agencia de noticias.

—¿Qué agencia?

El redactor jefe le dijo el nombre. Era la más conocida; cualquiera podía obtener su dirección aunque no tuviese nada que ver con la prensa.

—¿Y qué vamos a hacer? ¿Lo publicamos?

—¿Por qué no? —respondió el redactor jefe—. Que saquen un fotolito y le pondremos un buen pie. Luego habrá que mandar el original a la policía. Seguramente querrán investigar de dónde son los recortes, qué clase de pegamento han usado, etcétera. Y ahora que lo pienso, es posible que también saquen las huellas dactilares, de modo que lo mejor sería que esto no pase por más manos. Bueno, Nana, éste puede ser tu primer reportaje realmente importante, a ver cómo te portas.

Sonrió Nana enseñando sólo los dientes inferiores. Incluso un jovencito trepador que había conseguido un despacho por recomendación se sentía en la obligación de hablarle paternalmente. Salió dando un portazo.

Volvió a su mesa y se quedó mirando pensativamente a su vecino, el redactor de cultura.

—Eso es —murmuró como para sí misma—, lo leí en un libro.

—¿Tú has leído un libro? —se extrañó el de cultura.

—Uno de crímenes. Tuvo que ser uno de crímenes.

—Ah, vamos.

—Calla; no estoy hablando contigo.

—Bueno, mujer.

—O sí, pensándolo bien. A ver si eres capaz de recordar un libro en el que alguien envía un anónimo como éste. No, no lo toques. «Odio a los niños y seguiré matándolos hasta que me canse», eso es todo lo que dice.

—No me parece que se pueda calificar de literatura.

—En serio, ¿no te suena?

El hombre se quitó las gafas de culo de vaso y se frotó los párpados como si eso le ayudase a concentrarse. Era un buen hombre, tenía cuatro hijos, una casa hipotecada y una memoria de elefante. Nana, que lo apreciaba, solía decir de él que no parecía un periodista. Viniendo de ella, eso era un elogio.

—Verás, Nana, el género policíaco no es mi especialidad. Exceptuando a Greene, apenas leo nada de eso; lo más que puedo hacer es decirte qué editoriales están especializadas en libros de crímenes y esas cosas. No se trata sólo de novelas, hay algunas que publican libros sobre crímenes reales.

—Hum. Eso puede ser. Casos célebres, biografías de criminales famosos... De uno de esos libros han podido sacar la idea de este anónimo. Veamos, qué libro de esa clase he leído yo no hace mucho.

Su compañero la contempló parpadeando con sus ojillos miopes. De pronto, Nana lanzó una exclamación que sobresaltó a todo el mundo en la redacción.

—¡Jack! ¡Las vacaciones!

—¿Jack?

—Precisamente. El verano pasado. Me fui de vacaciones con Jack el Destripador. Quiero decir con un libro que trataba de él, naturalmente. Se me olvidó en el tren. Maldita sea, olvidé en el tren el libro; de no ser por eso ahora podría confirmar mi idea —hablaba atropelladamente; se puso en pie y tomó su chaquetón del respaldo de la silla—. Necesito un ejemplar. No sé cómo se titulaba, ni la editorial. Dime, ¿quién pudo publicar un libro de Jack el Destripador?

—Más de una docena de editoriales distintas. Si me dieras algún dato más.

—No tengo tiempo, no tengo tiempo. Me voy, van a cerrar las librerías y tengo que encontrar ese libro ahora mismo. Que hagan un fotolito de eso. No, que no hagan nada, volveré en seguida. Jack el Destripador, eso es. Hum.

La librería ya estaba cerrada. Pasaban diez minutos de las ocho. No podía esperar hasta el día siguiente. No esperaría.

Había estado otras veces en la librería y sabía que la vivienda del dueño estaba al fondo de la tienda, como sucede a veces en las viejas librería de lance. Llamó en los cristales. El local era vetusto y oscuro, más bien pequeño. No tuvo que esperar mucho para ver encenderse una luz.

El propietario, un viejo al que conocía de vista, fue a situarse al otro lado de los cristales de la puerta, sin mostrar la más mínima intención de abrir. Más por gestos que con palabras, indicó que estaba cerrado. Sin darse por vencida, Nana golpeó de nuevo los cristales y le dedicó una de sus mejores sonrisas.

El viejo abrió, gruñendo un poquito por pura fórmula, pero franqueando el paso al mismo tiempo.

—¿Qué quieres a esta hora? ¿No ves que ya he cerrado?

Probablemente la tomaba por una estudiante.

—Sólo serán dos minutos, es un caso urgente. Necesito consultar un libro.

—¿Cómo, consultar? No me digas que ni siquiera tienes intención de comprar.

Hacía frío en el interior de la librería. Olía a polvo y a excrementos de rata.

—Verá, es un libro que leí hace unos meses. Trataba de Jack el Destripador, ¿sabe a quién me refiero?

—Claro. Y ahora quieres saber qué libro era, y no recuerdas el autor ni el título ni la editorial. ¿Es eso?

—Exacto.

—Hija mía, no sé dónde tenéis la cabeza. Y para eso tanta prisa. ¿Es que piensas destripar a alguien, o se trata de una broma?

—No, no, ninguna broma. Soy periodista, se ha cometido un crimen, un niño de siete años estrangulado. El asesino ha enviado... Es muy largo de explicar, usted dígame por favor si tiene algún libro sobre el Destripador. Creo que el que yo leí era una edición sudamericana. Estoy segura de que usted es la única persona que puede ayudarme, sé que ésta es la mejor librería de la ciudad en materia de libros raros.

—En mis tiempos, el periodismo era un trabajo de hombres. Niños muertos, vaya cosa, ¿cómo puede una chica como tú dedicarse a revolver esa basura? Además, no tengo ese libro que dices, porque si se trataba de una edición sudamericana probablemente fue mal distribuido.

—¿Entonces no puede ayudarme?

—Claro que puedo. ¿No dices que soy el único que puede? Veamos, tengo bastantes cosas sobre asesinos célebres, e incluso alguna enciclopedia del crimen. Seguro que ni sabías que existen. En mis tiempos...

El viejo se interrumpió frente a una polvorienta estantería donde los libros se amontonaban sin orden aparente.

—Aquí hay uno que puede servirte, busca en el índice. Y aquí hay otro —tendió a Nana varios volúmenes y prosiguió buscando con el fervor del erudito que acaba de encontrar un discípulo atento—. Este otro es muy interesante, son las memorias de un juez; éste lo escribió un policía, y este otro un asesino famoso.

—No siga, creo que ya tengo lo que buscaba —Nana había abierto un grueso libro encuadernado en rojo y leía en voz alta—: «El 28 de septiembre la Agencia Central de Noticias recibió una nota firmada por Jack el Destripador en que éste afirmaba su propósito de cometer más crímenes: Odio a las prostitutas y seguiré matándolas hasta que me canse.»

—¿Te basta con eso? ¿O quieres comprar el libro?

—No es necesario. Muchas gracias, abuelo. No sabe cómo me ha ayudado.

—Yo no soy tu abuelo. Vuelve cuando quieras, pero en horas de comercio y a comprar.

—Se lo prometo.

El camino de vuelta hacia la revista tuvo que hacerlo a pie porque los compradores compulsivos de las fechas navideñas acaparaban los taxis.

Pensó en el asesino. Un loco de gustos melodramáticos y literarios.

En una ciudad tan grande como aquélla, ¿sería posible encontrar la pista de todos los que estuviesen familiarizados con la figura de Jack el Destripador? Absurdo. Esa clase de aficiones se llevan más o menos en secreto. No existe ningún club de fans de asesinos célebres.

Bueno, saldría del paso esa misma noche con un primer reportaje sin mencionar su descubrimiento. Y después, con tiempo, investigaría por su cuenta.

—Abran a la policía.

—No me da la gana.

La voz volvió a sonar al otro lado de la puerta, conciliadora.

—Abre, mujer.

Abrió.

—Hola, Nana —dijo el hombre.

—Hola, López.

Siempre le llamaba López. Ni siquiera estaba segura de cuál era su nombre de pila.

Él la besó en una mejilla y pasó olfateando el aroma que salía de la cocina.

—¿Te estás haciendo la cena?

—Sí. Tortilla de patatas con pimientos.

—¿Me invitas? Tú no sabes el tiempo que hace que no pruebo comida de verdad. He estado llamándote desde hace un par de días, pero ni vas por la revista ni coges el teléfono cuando estás en casa. Pensé que te interesaría saber algo más del que mató al niño.

—Sí, no, no, sí. Sí te invito, no voy por la revista ni cojo el teléfono. Y sí, cuéntame. ¿Le habéis detenido?

—Qué va. Esta mañana, el jefe me ha contado su vida. «Le haré una confidencia, inspector de segunda López Cáceres: cuando hay un caso como éste, tengo detrás todo el día al comisario metiéndome prisa, el comisario recibe continuamente llamadas del gobernador y de la dirección general, y a veces hasta del propio ministro, y luego están los de la prensa. Cada día, durante una semana por lo menos, tengo que contarles algo nuevo a todos ellos. Dígame qué les cuento hoy.»

—Pobre hombre, qué vida tan achuchada. Dile que

se jubile y se vaya a cultivar flores. Ven, acompáñame a la cocina para vigilar la cena.

El piso era antiguo, lleno de alcobas pequeñitas a medio reformar. Nana nunca tenía dinero suficiente para terminar la obra, y desde hacía casi un año sacos de cemento y montones de ladrillos se apilaban en los rincones.

Abrió el frigorífico y sacó una botella de whisky.

—Sírvete tú mismo, que se me quema esto.

—¿Cómo es que lo guardas en el frigorífico?

—Para compensar. En la revista tengo que tomarlo caliente. Oye, ¿qué puedes decirme de los anónimos?

—Normalmente no hacemos mucho caso de ellos, aunque se investigan por si acaso. No había nada de particular en los sobres o en las hojas de papel donde habían pegado los recortes. El nombre de los destinatarios, tanto la agencia de noticias como tu revista, ha sido escrito con un rotulador corriente. Sin embargo había algo interesante en los recortes.

—¿Ah, sí? Cuidado, que voy a darle la vuelta a esto.

—Sí. Procedían de seis distintos. Uno progresista, uno casi de izquierda, uno de la iglesia, uno muy conservador, uno de la ultraderecha y uno sensacionalista. ¿No te parece que nadie compra diarios tan dispares?

—Hum. Tienes razón. Por otra parte, si se tomaron tanto trabajo es que el remitente no tiene nada que hacer o bien se trata del verdadero asesino. ¿Tú qué crees? ¿Qué idea te has hecho del criminal?

—*Lustmörder.*

—¿Cómo?

—Es una palabra que usa la policía alemana. Significa el que mata por el placer de matar.

—Bueno, vamos a la mesa.

—Tuvimos también un testigo pero resultó ser un mitómano.

—Bonita palabra. ¿Todos los policías hablan como tú?

—Yo hice tres cursos de filosofía. Nuestro mitómano se presentó en jefatura y nos habló de un sospechoso convencional, con gabardina y mirada torva. Hice una prueba: le pedí a un compañero que se pusiera una gabardina y aguardase en el pasillo, entre dos agentes de uniforme. En cuanto lo vio, el testigo dijo que se trataba del asesino. Oye, te ha quedado buena.

—¿Pues qué esperabas?

—A mi mujer siempre le quedaba la patata poco hecha. Es lo peor que le puede ocurrir a una tortilla.

—¿Por eso la dejaste?

—Me dejó ella. Para irse con un jipi.

—Pero ya no hay jipis.

—Ya lo sé. Pero ella no lo sabía.

Nana sacó un plato con varias clases de queso y puso la cafetera al fuego. López encendió un cigarrillo antes de terminar con el queso.

—No me has dicho qué opinabas del asunto de los diarios. ¿Por qué un hombre compraría seis diarios distintos y tan opuestos?

—Pues no sé. La verdad es que es muy raro. ¿Has pensado que tal vez se trata de alguien que consigue esos diarios sin necesidad de comprarlos?

—¿Qué quieres decir?

—Un periodista, por ejemplo. En las redacciones se reciben cada día la mayoría de los diarios, y no siempre se guardan.

—Es una idea. Un periodista. ¿Y por qué no una

periodista? La tercera parte de tus colegas son mujeres.

Nana se encogió de hombros.

—Pudo ser una mujer, supongo. Pero tú sabes mejor que yo que las mujeres no matan así. No estrangulan.

López no respondió. Terminó su cigarrillo en silencio, la saludó y se marchó.

Algunos niños ocultaban muñequitos de papel con la esperanza de pegárselos en la espalda a cualquier transeúnte. Era el día de Inocentes y los colegios estaban cerrados por las vacaciones de navidad. Nana descubrió con fastidio que también algunas de las bibliotecas lo estaban.

En la primera que encontró abierta, la vieja bibliotecaria abrió mucho los ojos cuando Nana le explicó lo que buscaba.

—¿Es una inocentada, señorita?

—Nada de eso. Me gustaría saber si le han pedido recientemente algún libro sobre Jack el Destripador.

—Ese era un criminal inglés, ¿no es cierto? Bueno, muchos lectores se interesan por los libros de crímenes. Ahora bien, yo no sé en cuáles de ellos se habla de ese señor. Si usted conoce los títulos, tal vez consultando las fichas de lectura y las de préstamo...

—No, no conozco los títulos.

—Entonces mire el archivo por materias.

Al final de la mañana, Nana tenía una relación de dos docenas de libros traducidos al español que trataban más o menos con detalle de los crímenes del Destripador. Localizar e interrogar a todas las personas que los hubieran leído en las últimas semanas o meses excedía por completo sus posibilidades. Se preguntaba si sería conveniente informar de su pista a López. Pero muy difícilmente la tomaría en serio; como pista era demasiado endeble y compleja; como corazonada, estaba fuera de los métodos de la policía.

Por la tarde fue a otra biblioteca. Había investigado ya en las distribuidoras de cine y había repasado los programas de televisión de las últimas semanas. Ninguna película sobre Jack. Claro que quedaban los videoclubes, muchos de ellos con extensos catálogos. Sin embargo, algo le decía que si el asesino del pequeño estaba influido por el Destripador no era a través de una película. Ni siquiera era probable que en ellas se mencionasen textualmente las notas que Jack enviaba a la prensa. De modo que había que concentrarse en librerías y bibliotecas. En alguna de ellas algún empleado conocía a un hombre aficionado a las biografías de criminales.

Instalada en la última fila de pupitres de una vieja biblioteca llena de adolescentes empollones, repasó uno por uno todos los libros de su lista. Encontró varios casos de criminales, especialmente ingleses y norteamericanos, que habían declarado su admiración por el personaje de Jack. Dos o tres de ellos lo habían emulado a su manera, aunque con peor suerte que su héroe, puesto que a todos los habían atrapado.

Terminaba de consultar el último de los libros cuando el timbre anunció que la biblioteca iba a cerrarse.

Volvió a la revista caminando. Era una noche de frío y viento, como aquella en que habían asesinado al niño. En los quioscos, los diarios se ocupaban de noticias más recientes, en tanto que los semanarios en su mayoría no habían tenido tiempo de tratar el suceso.

Recordó la expresión del redactor jefe cuando leyó ante ella el reportaje, aquellos siete folios a los que había quedado reducido todo. Como los de su especie, el redactor jefe prefería dejarse arrancar un diente antes que pronunciar un elogio. Pero había gruñido de satisfacción y había hecho que lo anunciaran en portada para el siguiente número.

Encontró al director intentando aparcar su coche demasiado grande en un hueco que se le resistía. Cuando la vio, bajó el cristal de la ventanilla y le habló sonriente. Era un hombre atractivo y estaba bronceado por un largo fin de semana en la nieve.

—Muy bien tu reportaje, pequeña. Te felicito.

Nana hizo una mueca, sintiéndose como una niñita de párvulos en el momento de ser incluida en el cuadro de honor.

Luego, sin saber por qué, pensó en el hombre que había originado todo, el hombre que había matado sin motivo a un niño de siete años. Y extrañamente sintió pena por él.

El día de fin de año lo pasó ocupada en esos mil pequeños cuidados de una misma que para algunas mujeres constituyen por sí solos un placer: bañarse interminablemente, frotarse con aceites y cremas; mimar cada porción de piel. Luego se probó un vestido tras otro y reservó uno para la noche; comió algo a media tarde y se instaló ante el tocador con los *Nocturnos* de Debussy en el tocadiscos y un repertorio de frascos y pincelitos milagrosos en sus manos.

Se maquilló cuidadosamente y peinó su cabello recién lavado con un moño que dejaba al descubierto su nuca perfecta.

Después se sentó a esperar. No le gustaba concertar citas de antemano y confiaba en que alguien llamase antes de la hora de la cena. Hasta el año anterior siempre había pasado las vacaciones de navidad en familia, en la vieja casa del pueblo; ésta era su primera nochevieja sola en la ciudad y quería que fuese memorable. Sin planes previos, dispuesta a aceptar la compañía que la casualidad le deparase. «Alguien llamará», se dijo.

Pero cerca de las diez el teléfono aún no había sonado y tuvo que resignarse a entrar en la cocina y calentar cualquier comida congelada. Debussy había conseguido deprimirla y Dvorak no mejoró las cosas. Cuando retiraba las croquetas de la sartén le asaltaron unas estúpidas ganas de llorar. En ese instante sonó por primera vez el teléfono.

Era el fotógrafo, aquel tipo de mirada viscosa.

—Soy yo. ¿Quieres salir a tomar una copa?

—Gracias, tengo un compromiso. Otro día.

Media hora más tarde el teléfono sonó de nuevo pero sólo era alguien de su familia. Abrevió la conversación cuanto pudo.

Dieron las once. Afuera, en la calle, muchos impacientes alborotaban en espera de las mágicas doce campanadas. Permaneció en la ventana pensando en las personas que conocía y preguntándose si valdría la pena llamar a alguien. Pero cuando ellas no llamaban sería por algo.

Observó las casas de enfrente. Muchas de las viviendas parecían vacías y las luces de un ático en que se había fijado otras veces destacaban en la oscuridad del entorno. Conocía de vista al único ocupante de aquel ático, un muchacho alto y nervioso con el que nunca había hablado y que le recordaba a Anthony Perkins en *Psicosis*.

Lo vio en aquel momento, pues él también se había acercado a su ventana para contemplar la calle. Parecía estar solo. Miró la casa de ella, como si tuviera la costumbre de hacerlo, y por un instante los dos se contemplaron a través de la noche y la distancia, demasiado separados para descifrar cada uno la expresión del otro. Nana pensó fugazmente en un relato que había leído una vez y que comenzaba con una situación semejante.

Se quitó las horquillas que le sujetaban el cabello y lo dejó caer sobre los hombros. Decididamente ya no saldría. *Anthony Perkins* continuaba en su ventana. Cuando se encontraban en la panadería o en el supermercado siempre la miraba furtivamente, como hacen los tímidos. El tenía algo en sus manos, quizás una copa. Entonces se apartó de la ventana y comenzó a quitarse el vestido. Fue a apagar la luz.

Durante unos momentos permaneció en la oscuridad, indecisa entre regresar junto a la ventana o acostarse.

Las sábanas estaban frías. La algazara de la calle llegaba hasta allí muy amortiguada. Se tapó cabeza y todo, temblando.

Una revista semanal no suele tener una sección de sucesos fija. Sólo cuando se trata de algo realmente fuera de lo común tiene lugar la crónica negra, y raramente se vuelve dos veces sobre el mismo tema.

Así, Nana se ocupaba la mayor parte del tiempo de las páginas englobadas bajo el ambiguo epígrafe de «sociedad». Con el nuevo año, hubo de volver al anodino trabajo de rastrear en los teletipos y los envíos de agencias, recoger comunicados y redactar notas y artículos impersonales.

Pero en la práctica seguía dedicando parte del

tiempo al asunto del niño estrangulado. No habían transcurrido muchos días cuando tuvo la evidencia de que alguien observaba su interés. El redactor jefe —no el frívolo director que se limitaba a encabezar el staff con su nombre, sino el hombre que realmente convivía con los redactores— la convocó a su despacho.

—¿Cómo andas de trabajo?

—No me quejo. Estoy recogiendo datos para un informe sobre el sida. Recorro bibliotecas...

—Sí, ya he observado que sales mucho.

—Hum. ¿Sabías que hay siete bibliotecas públicas en esta ciudad?

—Vamos, Nana, no cambies de tema. ¿Qué es lo que estás buscando? ¿No es cierto que sigues con lo del asesinato de aquel niño?

—Sí.

—Pero ¿qué buscas exactamente?

—Busco al asesino.

—Parece que él también se interesa por ti.

—¿Qué quieres decir?

—Ha habido una llamada para ti. Anónima. Puede ser él, y también puede no ser más que un imbécil que se aburre.

Mientras hablaba, el redactor jefe revolvió los papeles que había sobre su mesa.

—¿Dónde lo he metido? Ah sí, aquí está, escucha: «Llamo desde el infierno. Quiero anunciar que muy pronto mataré de nuevo.»

Nana le arrebató la nota y la leyó por sí misma.

—Casi no puedo creerlo —susurró—, y sin embargo es lo que estaba esperando. Yo estaba en lo cierto.

—¿Quieres explicarte?

—«Desde el infierno» es exactamente la expresión que utilizó el Destripador en uno de sus anónimos.

—¿Y qué?

—Que no creo en tanta casualidad. Esas palabras han sido elegidas deliberadamente. Se trata de alguien que quiere imitar al asesino más famoso de todos los tiempos.

—Pero el Destripador de Londres mataba a las prostitutas, no a los niños. ¿Puedes explicarme eso?

—Puedo darte una conferencia entera; me he vuelto una experta en el tema de Jack el Destripador.

El redactor de cultura se asomó discretamente a la puerta del despacho y carraspeó sin decidirse a entrar.

—Venía a consultar una cosa, pero ya volveré.

—No, no te vayas —pidió el redactor jefe—. Habla, Nana.

—Como sabes, nunca llegaron a capturar a Jack, de modo que todo lo que hay respecto a él son teorías: unos dicen que tenía algo contra la sociedad en general y otros que mataba por venganza o porque era un puritano fanático. Y finalmente hay quien sostiene que elegía a esas mujeres porque eran la víctima más fácil, las únicas personas que deambulaban solas de noche. Bien, quizá nuestro Jack Segundo ha elegido a los niños porque son aún más indefensos que una mujer.

—¿Eso es lo que crees?

—En realidad, no. Según las estadísticas, los infanticidios pueden dividirse en dos grupos: los cometidos por los padres y los que tienen una motivación sexual. Hay excepciones, desde luego.

—¿Por ejemplo?

—Por ejemplo, un americano que declaró que su propósito había sido frenar el crecimiento demográfico.

—¿En serio? Al parecer es cierto que has estudiado la cuestión a fondo. Creo que estás a punto de conseguir algo grande. ¿Tú qué piensas, Paco?

Nana se volvió para mirar a su compañero, que permanecía inexpresivo tras las gafas de culo de vaso, y de ese modo no vio el guiño de complicidad del redactor jefe.

—Te daré carta blanca —anunció éste— para que dediques todo el tiempo a tu investigación. Si necesitas cualquier cosa, incluso alguien que te ayude, no tienes más que decirlo.

—¿En serio?

—Y también sería bueno a partir de ahora empezar a potenciar tu imagen. Ya sabes, tu firma en letras grandes y una foto tuya encabezando tus reportajes. ¿Qué te parece?

—Bueno —Nana hizo un gesto de modestia—, tal vez sea un poco precipitado. Antes que eso me gustaría conseguir otras cosas.

—¿Un aumento de sueldo? ¿Quieres mi silla, este despacho? —la ironía del redactor jefe se había tornado tan poco sutil que Nana comprendió por fin.

—Me estabas tomando el pelo.

—Tú me quieres tomar el pelo a mí. Una nena recién salida de la facultad, con asignaturas todavía pendientes, y ya se cree la protagonista de una serie de televisión.

El redactor de cultura había desaparecido para no ser involucrado. Nana aguantó la andanada a pie firme, con los labios apretados y una expresión ceñuda.

—A ti te pagan para que escribas. Para que escribas lo que te manden. ¿Estamos?

—Me pagan, poco, para que cumpla una jornada de seis horas diarias durante seis días a la semana. Lo que haga después, en mi tiempo libre, es cosa mía.

El hombre hizo un gesto conciliador.

—Dejémoslo. Me doy cuenta de que éste es el primer trabajo que consigues y se te ha subido a la cabeza. Dime una cosa: ¿por qué crees que se te encomendaron los sucesos?

—Dímelo tú.

—Porque es una vieja tradición en la prensa darle esa sección al novato o al menos dotado de la redacción.

—Lo imaginaba. Pero explícame tú por qué ese hombre, el que mató al niño, me ha elegido a mí entre todos los periodistas de la ciudad para su mensaje.

—De acuerdo, eres la periodista favorita de un loco. Y ahora vuelve a tu mesa y haz tu trabajo atrasado.

A Miguel le habían dicho muchas veces que no hablase con desconocidos, pero aquel hombre no parecía tener nada de malo, era un señor muy amable y además era amigo de sus papás. Eso es lo que había dicho, aunque Miguel no recordaba haberlo visto nunca por casa. Y sabía que él se llamaba Miguel; si no fuera verdaderamente amigo de sus papás no lo habría sabido.

Estaba contento de haberlo encontrado. Al principio, cuando se separó de sus primos mayores en el parque de atracciones y se dio cuenta de que se había perdido, se asustó mucho. Mamá le pegaría al volver a casa. «Este hijo me va a matar a disgustos —diría—, mira que te tengo dicho que no te separes de tus primos.» Bah, mamá siempre le hablaba como si fuera un niño pequeño, no se daba cuenta de que él tenía ya más de seis años. Era verdad que de momento le había dado miedo verse solo entre tanta gente; había perdido a sus primos al bajar de la noria y luego ya no pudo verlos, aunque una vez oyó a la prima Emilia llamándole a gritos: «Miguel, ¡Miguelín!, ¿dónde estás?», pero cuando se puso a buscarla entre la gente no pudo dar con ella. Entonces se había asustado, hasta había llorado un poquito, muy poco, porque los hombres no lloran; menos mal que sus primos no habían podido verle: si no, se hubieran reído de él. Luego pensó en buscar a algún encargado del parque de atracciones y decirle que se había perdido. Lo anunciarían por los altavoces: «Se ruega a los familiares del niño Miguel...» y sus primos irían a buscarle y dirían que vaya susto que nos has dado, otro día no te traemos. Pero tenía que darse prisa porque se había hecho de noche y ésta era la noche en que venían los reyes y, si no le encontraban dormido en casa, igual no le dejaban nada de lo que había pedido.

Fue entonces cuando el hombre de la gabardina se le había acercado: «Tú eres Miguel, ¿verdad? ¿Es que te has perdido?», y él dijo: «Sí, señor, pero no tengo miedo», y el hombre: «Claro, porque eres un chico valiente», y le había cogido de la mano y le había llevado a comprar una manzana de caramelo. «Yo soy amigo de tus papás y sé dónde vives, así que no te preocupes; ahora montamos en mi coche y te llevo a casa», le había dicho. Miguel había contestado que prefería buscar a sus primos, pero aquel señor dijo que sus primos ya se habían ido y seguramente le esperaban en casa. Así que salieron del parque de atracciones y montaron en el coche del señor, que era más grande que el de papá, y luego hablaron de los reyes y de lo que había pedido ese año, y le dijo al señor de la gabardina que Emilia había dicho que no hay reyes pero que la prima Emilia era una tonta y una mentirosa.

Y luego fueron en el coche por unos caminos que Miguel no conocía, y ya era completamente de noche, y no se veían casas ni nada, sólo pinos. Y entonces Miguel dijo: «Me parece que por aquí no se va a mi casa», y el hombre metió el coche entre los pinos y lo paró.

Miguel se dio cuenta de que al hombre le temblaba la boca y se le torcía de una manera muy rara, y eso le dio miedo. «¿Por qué hemos parado?», preguntó, y el hombre, sin contestar, se quitó la gabardina y miraba a todos lados como para estar seguro de que nadie andaba por allí cerca. Y entonces le echó la gabardina por encima, como si quisiera jugar, pero no se reía sino que la boca le temblaba cada vez más, y Miguel dijo: «¿Por qué me tapa con la gabardina?», pero el hombre ya no debía oírle porque le aplastaba la cara sin dejarle respirar y tampoco le contestó esta vez. Y Miguel supo que era un hombre malo y que mamá le iba a reñir mucho por hablar con un desconocido. Y se puso a dar patadas y quería gritar, pero la gabardina casi no le dejaba moverse. Y luego no se dio cuenta de nada más, solamente que se ahogaba, se ahogaba.

López se acariciaba la barba mal recortada con la mirada perdida en el fondo de su copa. Estaba sentado en la última mesa del viejo café, al fondo del local. Cuando vio a Nana llegar hacia él, esbozó un gesto de saludo y apuró su bebida de un trago.

—Hola. ¿Qué quieres tomar?

—No sé —dijo Nana—, ¿qué tomas tú?

—Tomaba. Ginebra.

—¿Y tu estómago?

—La ginebra es buena para el estómago, es digestiva.

—Tienes mal aspecto.

Pidieron whisky para ella y otra ginebra para él. López habló en un tono indiferente, cuando el camarero terminó de servirles; fue como reanudar una vieja conversación.

—No puedo comprender qué clase de persona es. ¿Sabes que en casos de esta especie los asesinos tardan meses o años en volver a matar? Este no ha esperado más que dos semanas.

—Supongo que habéis interrogado a los empleados del parque de atracciones. ¿No te han dado alguna pista?

—Nada. A pesar del frío, tuvieron muchos visitantes por ser la víspera de reyes. Los primos del niño aseguran que no vieron a ningún hombre sospechoso. Por otra parte, los padres no se relacionan con casi nadie, el padre lleva más de un año sin trabajo, cree que no tiene enemigos. Desde ayer a las ocho de la mañana en que apareció el cadáver, he interrogado a más de cincuenta personas. Cada uno tiene su idea, su propia teoría.

—Es natural. Yo también tengo la mía. Y junto al cuerpo del niño ¿no había huellas?

—Supongo que te refieres a pisadas, un botón desprendido o cualquiera de esas cosas que salen en las películas. Pero ten en cuenta que estuvo lloviendo toda la noche; eso bastaría para borrar las huellas de un elefante. De todos modos se ha registrado el pinar en un área de quinientos metros.

—¿Y?

López tomó un largo sorbo de ginebra y buscó en sus bolsillos hasta dar con una libreta que abrió por la última página y leyó en voz alta.

—Catorce cajetillas de tabaco vacías, tres jeringuillas, un zapato de mujer del número treinta y siete, una revista sin tapas, restos de bocadillos, latas de cerveza y una boina.

—Hum. Parece mentira las cosas que tira la gente.

—Basura —dijo López—; mi trabajo consiste en eso, en buscar entre la basura. A veces me pregunto por qué me metí en la policía.

—Podría decirte lo que creo yo, pero no te iba a gustar.

—Entonces no lo digas y tengamos la fiesta en paz. Dime en cambio para qué me has llamado.

—Para decirte que él me ha llamado a mí.

—¿Él?

—El hombre que estás buscando. El asesino.

—Explícate.

La mirada de López se había vuelto repentinamente fría. Nana le refirió todo lo relativo a la llamada anónima.

—¿Dijo así, «desde el infierno»? ¿Qué crees que puede significar?

—Son las mismas palabras que usó una vez Jack el Destripador, ya sabes, en aquellos anónimos que enviaba a la prensa y a la policía.

—¿Me estás tomando el pelo?

—Nada de eso. Es más, en el primer anónimo las palabras también coincidían con otras de Jack: «seguiré matando hasta que me canse».

—¿Estás segura? ¿Cómo has descubierto eso?

—Secreto profesional. Bueno, no pongas esa cara, te diré la verdad. Fue una simple casualidad. Había leído hace poco una biografía de Jack.

—Antes has dicho que tú también tenías una teoría.

—Sí. Creo que se trata de alguien que está en pugna entre el deseo de seguir matando en la impunidad y el de que le cojan para hacerse famoso; incluso tal vez que le castiguen. Por eso, como Jack, nos da pistas, pero no las suficientes. No puede permanecer callado ni delatarse por completo.

—Todo eso ya lo sabía. Esa clase de homicidas son siempre así. Está en los textos de criminología. ¿Eso es todo?

—No. Él tiene un héroe: el Destripador, lo sabe todo sobre él, y posiblemente sobre otros asesinos célebres. Debe coleccionar libros, datos, y en alguna parte tiene que conseguirlos. Creo que se le podría coger por ahí.

—Un ciudadano que lee libros de crímenes. Como tú, por ejemplo. Nana, si me presento en el despacho de mi jefe y le cuento eso, me dará tal patada que me mandará muy lejos.

—No harás eso, no le contarás nada a tu jefe ni a nadie, por lo menos de momento. Déjame acabar mi investigación; sólo me faltan dos bibliotecas.

—Tu investigación... Me gustaría saber por qué el asesino te ha elegido a ti para sus delirios; por cierto, ¿cuándo te ha anunciado que pensaba matar a otro niño?

—En realidad, hace tres días.

La mano de López se crispó en torno a su copa. La miró como nunca la había mirado antes, y Nana pensó que no le gustaría ser interrogada oficialmente por él.

—Antes por tanto de que cometiera su segundo crimen —masculló López.

—El día anterior. La verdad es que no lo tomé en serio.

—No eres tú quien debe decidir si las amenazas de un homicida son serias o no. Tu obligación era llamarnos inmediatamente. El no haberlo hecho constituye un delito.

El policía había alzado demasiado la voz y algunas cabezas se volvieron hacia ellos. El camarero del viejo café, el último café de la ciudad, los miró con reproche.

—Lo siento —susurró Nana—; desde que supe que había aparecido un nuevo cuerpo no he hecho más que culparme. Por eso mismo he querido contártelo y quisiera hacer algo más, ayudar en la captura del asesino. Tal vez vuelva a ponerse en contacto conmigo.

—Tú no tienes que capturar a nadie. Quédate donde te corresponde y deja que la policía haga su trabajo.

—Está bien, no hace falta que nos peleemos por eso.

—¿Es que no te das cuenta de lo que ocurre? Dos niños han sido asesinados en un plazo de dos semanas, los ciudadanos empiezan a ponerse histéricos, algunos hablan de retener a sus hijos en casa hasta que cojamos al culpable, vosotros los periodistas estáis fomentando irresponsablemente el pánico. Y entre tanto tú ocultas una información para jugar a los detectives por tu cuenta.

—Está bien, López, ya te he oído. ¿Qué más quieres?

—Quiero que grabes todas las llamadas que recibas, que me avises en el mismo instante en que ese loco vuelva a llamarte. Y quiero que mientras dure esto no olvides ni por un momento que soy un policía.

—Descuida. Jamás dejaré de tenerlo presente.

Hizo un gesto para llamar al camarero y abonar su consumición. López no intentó retenerla ni salir en su compañía.

En la calle, finalizada la tregua de Navidad, los transeúntes habían recuperado su malhumor de siempre. Justo frente al café, dos hombres pegaban nuevos carteles en las vallas publicitarias. Aún alcanzó a ver cómo pasaban sus brochas con cola disuelta por encima de un Papá Noel o Santa Claus y lo cubrían con el anuncio de unas rebajas.

En el exterior de la biblioteca se había formado uno de los clásicos embotellamientos de media tarde y la calle se llenaba con una algarabía de claxons.

Dentro, casi todo el público estaba compuesto por niños que repasaban sus lecciones en la víspera de la vuelta al colegio. La bibliotecaria era una mujer madura, erguida y circunspecta como un ama de llaves. No pareció sorprenderse cuando Nana le explicó lo que pretendía.

—Una compañera de otra biblioteca me había advertido de que estuvo usted haciéndole esas preguntas raras. Como me imaginaba que vendría, he buscado ya las fichas de los libros que le interesan.

Se interrumpió para reprender a unos niños que incordiaban con sus risas.

—Acabarán por volverme loca. Usted no se puede figurar lo que es estar todo el día luchando con ellos. Menos mal que sólo vengo por las tardes; por las mañanas hay aquí otra persona. ¿De qué estábamos hablando? Ah, esos libros. Pues verá, ocurre algo raro. Han desaparecido todos.

—¿Cómo? —la exclamación de Nana fue tan violenta que la bibliotecaria hubo de señalarle el letrero que reclamaba silencio.

—Los libros que le interesan son las historias de criminales, estudios psicológicos de asesinos famosos, Jack el Destripador, Landrú, toda esa gentuza, ¿no es verdad? Mire, ésta no es la biblioteca más grande de la ciudad, pero teníamos unos cuantos de esos libros, cuatro o cinco. No soy siempre yo quien se encarga de las nuevas adquisiciones; de ser así, me hubiera ocupado de traer algo más útil...

—Perdone, ¿quiere decir que otra persona los encargó para la biblioteca? ¿Quién?

—Mi compañero, el joven que está aquí por las mañanas, ya le he hablado de él.

—No me dijo que era un hombre.

—Señorita, si me interrumpe continuamente no acabaremos nunca, y la verdad es que tengo mucho trabajo.

Nana encajó en silencio la reprimenda.

—De todos modos, esos libros han desaparecido. Hoy hemos abierto por primera vez después de las fiestas, y esta tarde, al poco de llegar, los he estado buscando; recordaba títulos concretos que mi compañera había mencionado: *La enciclopedia del crimen*, de Colin Wilson, y otros. Alguien se los ha llevado. Aquí no es difícil robar un libro, por las tardes prácticamente estoy sola porque el ordenanza no me sirve de ninguna ayuda, usted me entiende. Mire —la mujer le tendió unas cartulinas—, éstas son las fichas de préstamo: hace más de un año que nadie pedía uno de esos títulos. Y ahora de pronto han desaparecido todos.

Nana examinó las fichas una por una. No había en ellas nombres repetidos, ningún lector que se hubiese interesado por dos o más de aquellos títulos. Quienquiera que fuese había optado por llevárselos directamente, sin molestarse en pedirlos.

—¿Y usted no tiene idea de quién...?

—Por las tardes casi todos los que vienen son niños. No sé qué pensará usted, pero a mí no me parece probable que un niño se interese por estos temas tan desagradables. No quiero decir que sean angelitos, desde luego, pero son otras cosas las que los atraen. Debió de ser en el turno de mañana cuando se los llevaron. Casi todas las bibliotecas tienen un público fijo; en ésta, como se sabe que por la tarde se llena de colegiales, los adultos prefieren venir por las mañanas.

—Estoy convencida de que su compañero puede serme de mucha ayuda. ¿Puede darme su dirección?

—Me temo que no. Sólo tiene que esperar a mañana por la mañana si quiere verlo aquí mismo.

—Verá, lo que estoy investigando es urgente y se trata de un asunto verdaderamente grave.

—¿De veras es usted periodista?

Nana comprendió que no obtendría nada diciendo la verdad. Había otras posibilidades que impresionarían más a la mujer que el carnet de una revista.

—He visitado ya las otras bibliotecas de la ciudad y en ninguna ha sido necesario mencionar al Ministerio —explicó confidencialmente—. Usted es la primera que está a punto de descubrir mi identidad.

—¡Oh! ¿Inspectora del Ministerio? Ya me imaginaba algo así. Me habían dicho que ahora son ustedes muy jóvenes y tienen unos métodos poco ortodoxos. Ya veo que es cierto. Tenga, le escribiré aquí la dirección de mi compañero, si es lo único que quiere. Pero no creo que él esté relacionado con el hurto de esos libros. Ciertamente, es un joven un poco raro, casi un misántropo, pero eso no tiene nada de particular en esta profesión, ¿no es verdad?

—Otra cosa —dijo Nana, aprovechando la racha—: ¿reciben aquí todos los diarios?

—Naturalmente.

—¿Y qué hacen con ellos, los archivan?

—La verdad es que creo que se tiran. Son tantos que no tenemos espacio para guardarlos. Se conservan durante un mes y luego mi compañero los coge y se los lleva en su coche. Ignoro lo que hace con ellos, supongo que los venderá.

—Muchas gracias por su ayuda —se despidió Nana.

La bibliotecaria amonestó de nuevo a los niños y se apresuró a acompañarla hasta la puerta.

—Adiós, abríguese bien. Y por favor, explique a sus superiores que no vendría nada mal un refuerzo. Yo sola, ya ve, apenas puedo hacerme cargo de todos estos moc... niños.

En la calle proseguía el embotellamiento. Nana leyó por primera vez la dirección que había escrito la mujer. La sorpresa la dejó sin aliento.

Pasó de largo ante el portal caminando lentamente. Se preguntaba si alguna vecina que la conociese de vista estaría observándola. Era extraño pensar que sólo con caminar media docena de pasos podía entrar en su propia casa.

Llegó hasta la esquina. Había hecho andando el camino desde la biblioteca para tener tiempo de pensar. Reflexionaba sobre el hombre al que iba a ver, si es que finalmente se decidía. A veces, costumbre de persona que vive sola, pensaba en voz alta sin darse cuenta. «Sabemos que él tuvo acceso a los libros sobre Jack —musitó usando un interlocutor invisible—; sabemos que tiene igualmente acceso a los distintos diarios; que dispone de las tardes libres; que es una persona un tanto rara. Los datos encajan bastante bien.»

Tal vez sería peligroso enfrentarse sola con ese hombre. Por un momento consideró la posibilidad de llamar a López. Luego recordó sus palabras: «Quédate donde te corresponde y deja que la policía haga su trabajo», y decidió seguir adelante.

La casa era un inmueble viejo, estrecho, con un solo piso en cada planta. Miró los buzones: un sastre en el primero, familias con niños del segundo al cuarto, y un nombre escueto en el buzón del ático. José Orgaz. «José no parece nombre de asesino», se dijo tontamente. Y de pronto, comprendió.

El ático. El ático de aquella casa era precisamente el que ella veía desde su propio piso. Su ocupante, aquel muchacho que se parecía a Anthony Perkins, y José Orgaz eran la misma persona.

«No puede ser.» Aunque, pensándolo bien, ¿por qué no? Que su vecino trabajase en una biblioteca no tenía nada de particular. Incluso, de este modo, adquiría un sentido. Por ejemplo, ¿por qué el asesino la había elegido a ella entre todos los periodistas de la ciudad para remitirle sus anónimos? Porque era alguien que la conocía, siquiera de vista. Si José Orgaz era el hombre de los anónimos, el hombre que mataba a los niños...

De pronto oyó el sonido de una puerta, muy arriba, al cerrarse, y comprendió que alguien estaba a punto de bajar. Salió a la calle. Su cerebro funcionaba a toda velocidad. Tenía que establecer contacto con su sospechoso en seguida u olvidarlo para siempre; la vieja bibliotecaria no tardaría en advertirle que una muchacha andaba tras él, mencionaría que ella al principio se había hecho pasar por periodista, y él se sentiría acorralado y podía volverse peligroso. Esperó en la puerta de la calle, segura de que no era otro quien descendía, sintiendo algo parecido a un escalofrío en su espalda.

Necesitaba un pretexto. No era natural que la encontrase allí, frente a su casa. Precipitadamente, sacó las llaves de su piso y las dejó caer. Un segundo más tarde él estaba a su lado y ella fingía buscar algo en el suelo.

Estuvieron a punto de tropezar. Nana se cuidó de que fuera así. El hombre titubeó sin decidirse a abordarla.

—Soy un desastre —le explicó Nana tranquilamente—; se me acaban de caer las llaves de casa y no consigo encontrarlas.

—¿Puedo ayudarte? —preguntó él.

Tenía una voz profunda, como la tienen a veces los hombres muy delgados.

—Claro que puedes.

Casi al momento, él halló las llaves y se las tendió con una sonrisa.

—Vives enfrente, ¿no es cierto?

—Sí. Me llamo Nana. Creo que ya nos conocemos de vista.

—Yo me llamo José.

—Bueno... —Nana aguardaba con la clase de mirada que significa: «invítame a una copa»—. Pues hasta otro día.

—¿Tienes prisa?

—Qué va.

—Me pregunto..., me pregunto qué pensarías de mí si te pidiera que fuéramos a tomar una copa.

«Pues sí que eres raro, vaya manera de darle vueltas a una cosa tan simple.»

—Acepto con una condición. Seré yo la que invite.

—¿Por qué me miras así?

—Perdona, no quería ser impertinente. Me preguntaba de qué color son tus ojos.

—No sabía que las mujeres os fijaseis en los ojos de los hombres.

—Entonces es que no sabes nada de mujeres. Los ojos, la voz, las manos, el tipo...

Se interrumpió, molesta consigo misma porque le parecía estar comportándose como una estúpida. No estaba en aquel bar para coquetear. Era uno de esos pubs a imitación de los locales británicos, y a esa hora se hallaba atestado de público. De vez en cuando, la puerta se abría dando paso a nuevos clientes que entraban soplándose en las manos.

Como el bar estaba muy caldeado, Nana empezó a sentir el contraste con el frío del exterior y notó que sus mejillas se enrojecían.

—Debo de estar incubando un resfriado —dijo.

Buscó en su bolso hasta dar con los pañuelos. Acababa de encontrarlos cuando un primer estornudo le hizo volcar sobre la mesa parte del contenido del bolso. Bolígrafos, blocs y un carnet plastificado en el que destacaba claramente el epígrafe de «prensa» quedaron a la vista del hombre.

—Está visto que hoy tengo el día torpe —comentó mientras recogía los objetos.

Él tenía la mirada puesta sin disimulo en el carnet.

—Así que eres periodista —dijo.

—¿No lo sabías?

—¿Por qué iba a saberlo?

Nana se mordió los labios.

—Bueno, una chica siempre se figura que tiene admiradores. Pensé que ya me conocías un poco. Después de todo somos vecinos.

—Soy muy distraído —se disculpó vagamente José.

Nana tuvo la certeza de que, como ella, pensaba en la nochevieja.

—¿Y tú a qué te dedicas?

Antes de que José pudiera contestar, Nana estornudó de nuevo.

—Vaya, ahora estoy segura de que lo he pescado. Además, la bebida me sabe a rayos, es una señal que no falla.

—Para un resfriado no hay nada como los vahos —dijo él.

—No me gustan los vahos —era una oportunidad de oro para acercarse al tema y no pensaba desaprovecharla—. Una vez vi una película en la que un asesino invitaba a sus víctimas a inhalar unos vahos y... ya sabes lo que hacía después.

—Como dije antes, ¿por qué iba a saberlo?

—Porque es una película muy conocida. Creo que la hacía Donald Pleasence.

—Richard Attenborough.

Las manos de Nana se crisparon sobre su falda. «Este set me lo apunto yo», se dijo.

—¿Ves como la recuerdas? —preguntó ingenuamente.

—Sí. Esperaba a tenerlas indefensas, con la cabeza cubierta por la toalla; después de matarlas las enterraba en su propia casa. Su proceso fue sonado. Se llamaba Christie. Se hizo muy famoso.

—¿El protagonista de esa película? ¿Existió realmente?

—Desde luego.

—¿Como... —estuvo a punto de pronunciar el nombre del Destripador, pero eso era ir demasiado aprisa—, como el Hijo de Sam, y el estrangulador de Boston?

—Esos eran también asesinos en serie.

—¿Asesinos en serie?

—Así los llama la policía. Pero —José sonrió y su sonrisa era inesperadamente atractiva— no veo por qué tenemos que hablar de cosas tan macabras.

—Bueno, me interesan estos temas porque a veces tienen alguna relación con mi trabajo. Y por cierto, aún no has dicho a qué te dedicas tú.

—A ver si lo adivinas.

—No sé... ¿Maestro?

—Bibliotecario.

—Yo siempre había creído que los bibliotecarios eran vejestorios. A partir de ahora tendré que ir más a menudo por las bibliotecas.

—No creo que encuentres nada que te interese.

—¿Por qué no? ¿No tenéis novelas de crímenes?

—Por supuesto. Y también libros que narran casos reales.

Nana intentó hallar una segunda intención en sus palabras, pero José se mantenía impasible como un jugador profesional que jamás se traiciona. De hecho, tenía un extraño dominio de sí mismo. Era frío. Permanecía rígidamente sentado sin hacer ningún intento por aproximarse. Nana conocía lo suficiente del lenguaje corporal para comprender que aquélla era la actitud de quien guarda un secreto. A no ser que se debiera a una timidez enfermiza.

A pesar de ello, tenía que ingeniárselas para hacerse invitar a su casa. Un vistazo al piso de José le aclararía muchas cosas.

—Me imagino que tú también tienes una buena biblioteca. En tu casa, quiero decir.

José se encogió de hombros.

—Al fin y al cabo, un trabajo como el tuyo se hace por vocación —insistió Nana—. No me digas que no eres aficionado a leer.

—Hoy en día ningún trabajo se hace por vocación; uno trabaja donde puede y eso ya es mucho. Otra cosa es la deformación profesional, como te ocurre a ti.

—¿Qué quieres decir?

—Que haces preguntas todo el tiempo.

—¿Te molesta?

—Me gustaría más hablar de ti.

Nana reprimió un nuevo estornudo y sintió que los ojos se le llenaban de lágrimas. La rabia tenía algo que ver con ellas. Se había propuesto seducir a aquel hombre como medio de llegar a su casa y en esas condiciones lo máximo que conseguiría sería hacerle reír.

—Voy a tener que irme. Me parece que tomaré un par de aspirinas y me meteré en la cama.

Él no respondió. «Si tuviera algún interés, me diría que en su casa tiene aspirinas, el muy cretino.» Por momentos olvidaba que José podía ser realmente el asesino y que en tal caso quedarse a solas con él no era una buena idea. Él aguardaba sin facilitarle las cosas y ella empezaba a ponerse nerviosa por culpa de su mirada profunda, su voz profunda, su indiferencia profunda. «Estoy perdiendo el tiempo.»

—Bueno, hasta otro día —le tendió la mano y él se la estrechó sin hacer ningún intento de besarla.

—Hasta pronto, Nana. Y felicidades.

Ella ya había dado un paso hacia la puerta. Se volvió lentamente.

—¿Felicidades?

—Por tus reportajes. Son muy buenos.

Sonreía y sus ojos brillaban maliciosamente. Entonces supo que había estado todo el tiempo jugando con ella. El muy bastardo.

—¿Leíste el del niño estrangulado?

—Por supuesto. Fue el que más me gustó.

Nana inspiró profundamente y lo miró a los ojos. Intentó que su voz sonase natural.

—Pues no te pierdas el próximo. Tratará de un nuevo crimen. El niño del parque de atracciones, ya lo habrás leído en los diarios. Estoy segura de que es el mismo asesino, uno de ésos... ¿cómo los llamas tú?

—Asesinos en serie.

—Eso es.

Salió, ofendida y furiosa, justo a tiempo de evitar un nuevo estornudo.

Esa noche tuvo extrañas pesadillas. José Orgaz, con vestido de mujer y una peluca igual que el psicópata protagonista de *Psicosis,* vigilaba a los niños de la biblioteca. Ella estaba sentada entre los chicos. Era también una niña. Y él la miraba, la miraba fijamente. Se despertó gritando y, cuando pudo volver a dormirse, era casi de día. Al levantarse se sentía débil y un poco mareada por la fiebre.

Fue a la ventana y miró hacia el ático de enfrente, pero no había en él señales de vida.

La máquina de café estaba estropeada. Paco, el redactor de cultura, la miró irónicamente mientras ella se llevaba a su mesa un vasito vacío.

—Por lo menos hoy no tendrás que tomarlo caliente.

—¿De qué hablas?

—Del whisky.

—De modo que lo sabes. ¿Te apetece un poco?

—Nunca antes de que se ponga el sol, ya sabes. ¿Cómo va tu destripador español?

Nana miró en torno a ellos. El resto de los redactores escribía a máquina y algunos hablaban por teléfono sin prestarles atención.

—Por lo menos éste no destripa. Estranguló al

primer niño y asfixió al segundo. Hasta cierto punto, muertes rápidas, como si no quisiera hacerles sufrir más de lo necesario.

El sonido de las máquinas de escribir aumentó de pronto de intensidad y Nana miró hacia la puerta de la redacción adivinando la causa. El director había aparecido con su abrigo de buen paño, su foulard y aquel aire deportivo que tanto éxito tenía entre las chicas del departamento de administración. La miraba a ella, sonriente como casi siempre, y le hizo una seña indicando la puerta de su despacho.

Varias cabezas se volvieron hacia ella y dos o tres sonrieron maliciosamente.

—Despreciables —murmuró Nana poniéndose en pie.

Llamó con los nudillos en la puerta del despacho del director y entró sin esperar la respuesta.

El director estaba àcabando de colgar el abrigo en el perchero. Le indicó un sillón frente a su mesa y aguardó a que ella se sentara. Después abrió el mueble bar, bien surtido, que había en un extremo del despacho.

—¿Una copa?

—¿Por qué no? —dijo Nana preguntándose adónde quería ir a parar el hombre.

Muy pocas veces había estado en aquel despacho y ni una sola con aquellos prolegómenos. Cierto que el director era un hombre espontáneamente cortés, pero se le veía poco por la redacción y su amabilidad no llegaba al extremo de invitar a beber a los redactores en horas de trabajo.

—Whisky, ¿verdad?

—Sí. Solo, sin agua ni porquerías.

—Así es también como me gusta a mí.

Sirvió la bebida y se sentó frente a ella, al otro lado

de la mesa, mirándola con curiosidad como si nunca antes se hubiese fijado en ella.

—Bien, pequeña, ¿estás a gusto entre nosotros?

Aquello era lo último que hubiese esperado Nana. Se encogió de hombros y pronunció una afirmación ambigua, a la espera. Por más que lo demorase, el director tenía algo concreto que decirle, pero no iba a ser ella quien le facilitase las cosas.

—Fernanda Montero —dijo él de pronto, como si acabase de recordarlo.

—Prefiero que me llamen Nana.

—Claro. Pues bien, Nana, has hecho un buen trabajo en el tiempo que llevas entre nosotros. No debería decírtelo todavía, pero hay un magnífico futuro para ti en esta casa. Grandes esperanzas.

—¿Ese no es un título de Dickens? —Nana se mordió los labios, arrepentida de su impertinencia.

—¿Dickens? Bueno, no estoy muy fuerte en literatura. El caso es que hace poco estuve hablando de ti con el redactor jefe. Teníamos previsto confiarte una responsabilidad nueva, con su correspondiente compensación, claro.

—Pero habéis cambiado de idea —apuntó Nana.

—Digamos que me lo estoy replanteando. Tal vez no estés aún suficientemente madura. Hoy he hablado con la policía, ¿sabes?, acerca de ti.

—Parece que se está poniendo de moda eso de hablar de mí.

—No es culpa mía. Me llamaron ellos. Están intrigados por tus relaciones con ese asesino de niños que persigues. Y, dicho sea de paso, quiero recordarte que tu trabajo aquí no consiste en investigar asesinatos. Sólo limítate a contarlos.

—¿Con quién hablaste, con un inspector llamado López?

—Con el jefe superior. Somos viejos conocidos. Me ha pedido que te mantenga apartada del caso, como suele decirse.

—En el fondo no ha cambiado nada, trabajar en la prensa es estar con el culo al aire. Presiones y amenazas. Supongo que tú estás acostumbrado, después de los años que llevas en esto, pero a mí me repugna.

El director sonrió conciliador.

—Hablas como si yo hubiera estado ejerciendo desde la guerra civil, y aún no he cumplido cuarenta años. Y si alguna vez pensaste que éste era un trabajo cómodo, ya puedes ir olvidándolo. Tendrás que acostumbrarte a trabajar bajo presiones de todas clases.

—Eso quiere decir que puedo seguir adelante —dijo Nana más como afirmación que como pregunta.

El director estaba atrapado por sus propias palabras. Hizo un gesto de aquiescencia un poco a pesar suyo.

—Con una condición: dispondrás de un plazo y por ningún concepto prolongarás tu investigación más allá de la fecha tope. Veamos, hoy es miércoles ocho; el miércoles quince te quiero en este despacho para tratar del nuevo proyecto. Tengo reservadas para ti cosas más importantes que los sucesos.

—Has conseguido intrigarme. ¿No puedes adelantarme algo?

—Es un plan que está todavía en fase de estudio y que por el momento se lleva en el más riguroso secreto. Si los consejeros se enteran de que te he hablado de ello, me emplumarán. Se trata de una revista femenina en la que tú tendrías una responsabilidad muy destacada. Claro que tendrás que cambiar un poco tu estilo... y también tu lenguaje.

Nana dejó el vaso sobre la mesa, se puso en pie,

estornudó violentamente y procuró adoptar una expresión de buena chica. Ningún proyecto de revistita ñoña le quitaría de la cabeza la obsesión de descubrir al asesino de niños, pero el director le estaba proponiendo un trato limpio y su ética personal le obligaba a respetarlo.

—El miércoles próximo, de acuerdo —dijo.

—Será conveniente que nos entrevistemos en privado, mejor fuera de aquí, para tratar de todo el asunto.

Nana sintió un repentina desconfianza.

Pero todo lo que dijo fue:

—Hum.

> «Edward Paisnel, el violador de Jersey, detenido en 1971, creía sinceramente que estaba poseído por el espíritu de Gilles de Rais. Paisnel fue inculpado por quince ultrajes, casi todos ellos contra criaturas. Solía introducirse en las casas, sacar a la víctima al jardín...»

Cerró el libro con algo parecido a un estremecimiento. Una y otra vez encontraba la misma historia: asesinos influidos por otros asesinos. A menudo se trataba de hombres —no había ninguna mujer entre ellos— con inteligencia por encima de lo normal. Sus antecedentes familiares eran de toda índole, pero predominaban los huérfanos, a veces con madres dominantes. En cuanto al físico, la única característica común eran los ojos grises. Pensó en el bibliotecario preguntándose si los tenía de ese color.

Se puso en pie tocando suavemente en el hombro a su compañero de mesa, que estaba enfrascado en su trabajo.

—Paco, si preguntaran por mí, estoy en el laboratorio.

—¿Aún sigues con lo del sida? —preguntó Paco distraídamente.

—Aún no he empezado con ello, más bien. Continúo con mi asesino.

—El redactor jefe se pondrá furioso.

—No me importa. Ahora cuento con la aprobación del dire.

En el laboratorio, Iranzo fumaba en espera de que se secasen unos negativos.

—Creí que estaba prohibido fumar aquí.

—Para vosotros sí. ¿A qué debo el honor?

Nana abrió el libro por la página que había señalado y se lo mostró al fotógrafo.

—Me gustaría una foto de este tipo para ilustrar mi reportaje.

Iranzo acercó más el libro a la luz roja que pendía sobre su cabeza confiriéndole un aspecto algo siniestro. Nana evocó las palabras de la llamada anónima, «llamo desde el infierno». Se dijo que estaba empezando a pensar como una paranoica. La fiebre que desde el día anterior la acompañaba como consecuencia del resfriado no contribuía a mejorar las cosas.

—¿Paisnel? ¿Y quién se supone que es? —preguntó Iranzo.

—Un delincuente. Y mira, también quiero otra de éste —indicó otra ilustración del libro—. También era un asesino de niños, tal vez lo recuerdes; a veces se disfrazaba de payaso y daba fiestas infantiles.

—Sí, me acuerdo. Un ciudadano libre de toda sospecha. ¿De qué va tu reportaje?

—Ya te lo puedes imaginar: es una recopilación de historias en cierto modo similares. Asesinos de niños.

—Encantador. ¿Crees que a los lectores les interesan estos temas?

—Sí cuando dos niños de esta ciudad han muerto asesinados con pocos días de diferencia.

—¿Qué idea tienes tú acerca del asesino?

—Creo que hay que descartar los móviles sexuales; más bien pienso en una especie de venganza simbólica. Algunos asesinos célebres mataban a las mujeres porque veían en ellas una figura materna despótica de la que querían librarse, o bien a la novia que una vez los traicionó o se burló de ellos. Jack, yo le llamo así, sufrió un agravio por parte de algún niño cuando él a su vez era un chiquillo.

—¿Y ha esperado treinta años, o los que sean, para emprender su venganza? —Iranzo aplastó su cigarrillo y miró a Nana escéptico—. Me parece bastante incongruente.

—No es un asunto al que se pueda aplicar una lógica convencional. Estamos hablando de un hombre perturbado.

—¿Por qué un hombre? ¿Y por qué Jack?

—Yo le he bautizado así; si leyeras la revista lo sabrías.

—Me pagan por hacer fotos, no por leerla.

—No sé cómo te las arreglas para ser tan desagradable.

—Practicando. Aunque otras no piensan como tú.

—¿Tu mujer, por ejemplo?

Como le ocurría a menudo, Nana se arrepintió de sus palabras apenas las hubo pronunciado. Aquello era innecesario y además un golpe bajo. Iranzo pertenecía a la creciente legión de los que habían sido abandonados por su mujer.

—Perdona, chico —se apresuró a añadir—. No quería decir eso.

—Aprovecharé que ahora te sientes en deuda conmigo. Déjame que te lleve a casa y por el camino tomamos esa copa que me has rechazado tantas veces.

—Vale, de acuerdo.

No se sentía con ánimos para discutir, y por otra parte la hora de salida estaba a punto de sonar y deseaba llegar a su casa cuanto antes para mimarse, ya que el maldito resfriado parecía agravarse por momentos.

Volvió a su mesa, releyó el reportaje, que comenzaba con el asesinato del pequeño Miguel cerca del parque de atracciones, tres días antes, y escribió las palabras finales:

> «Probablemente, como ocurría con sus predecesores famosos, el hombre que mató a Miguel y que estranguló a David en vísperas de Navidad, es un ciudadano corriente que no despierta sospechas entre sus vecinos. Tiene un trabajo, una familia, tal vez unos amigos. No llama la atención. Los propios niños no desconfían de él, pues todo parece indicar que ambos pequeños se le acercaron voluntariamente. Es, en todo lo demás, un hombre como los otros. Por eso mismo, los padres harán bien en extremar las precauciones asegurándose de que sus hijos no se relacionan con extraños. Recuerden que el asesino puede ser su vecino de la puerta de al lado.»

No estaba del todo satisfecha. No con el final, que probablemente sería mutilado siguiendo la teoría de la pirámide invertida que los periodistas conocen bien, ni con el tono entre alarmista y retórico, ni siquiera con el título, *El asesino de la puerta de al lado*.

Se preguntó si no estaba llevando demasiado lejos sus sospechas sobre José Orgaz.

Suspirando, se puso en pie y fue a llevar el reportaje al despacho del redactor jefe. Puesto que él no estaba lo dejó sobre su mesa y se preparó para salir. La mayoría de sus compañeros lo habían hecho ya, ordenados y puntuales como oficinistas, antítesis de la extendida imagen del periodista bohemio, del mismo modo que la propia empresa resultaba atípica en comparación con las modernas revistas de vida efímera y personal joven. Y era de aquel cementerio de elefantes de donde había de nacer una publicación femenina. «Me pregunto quién la va a hacer si prácticamente la única mujer soy yo; tal vez querrán que me la escriba toda.»

Iranzo la esperaba en el interior de su automóvil, seguro de sí mismo y perseverante como siempre, exhibiendo una sonrisa cínica que a él debía de parecerle seductora.

Se preguntó por qué sentía aversión hacia él.

Pasaron ante la puerta del pub donde la noche anterior había estado en compañía de José, y se preguntó si él estaría allí en ese momento. Iranzo no hizo mención de detenerse, a pesar de que era la última posibilidad antes de llegar a casa de ella. Nana le señaló el portal y él se las arregló para aparcar delante.

Se volvió hacia ella, con el brazo en el respaldo.

—¿No me invitas a subir?

Nana le miró a los ojos. Era un hombre vulgar, su costumbre de sonreír cínicamente hacía que su boca pareciese sesgada, asimétrica con respecto a los otros rasgos.

—¿Para qué? —preguntó.

—Digamos que subo a tomar una copa.

Subieron. Nana le condujo a través del laberinto de materiales dispuestos para la reforma del piso y preparó las bebidas mientras él se acomodaba en un sillón desparejado. Los muebles habían sido comprados de segunda mano, uno por uno, atendiendo más a su belleza como objetos aislados que al efecto del conjunto.

—Veo que prefieres la música clásica —comentó Iranzo—. No lo hubiera imaginado.

—¿Por qué?

—No sé, por tu edad. Tienes veinte o veintidós años, ¿no es cierto?

—Cumpliré veintiuno dentro de unos días.

—Capricornio. Tampoco lo pareces.

—Ya lo sé. La astrología falla conmigo.

—¿Cuánto tiempo llevas aquí?

—En la ciudad desde que empecé a estudiar. Antes vivía en una residencia. En este piso llevo un año.

Puso un disco y se sentó frente a él. Lo que no le había dicho era que su acercamiento a la buena música se lo había impuesto a sí misma como un deber estético; podía ser capricorniana en algunas cosas pero no había por qué pregonarlo. Vivaldi comenzó a sonar, amable, accesible, aun para ella, estableciendo entre ambos una especie de tregua.

—¿Y cómo es que vives sola?

Se encogió de hombros.

—No necesito a nadie. Además, creo que es una prueba por la que todos tenemos que pasar antes o después.

—A mí no me parece que sirva para nada. A lo sumo, uno se vuelve raro, maniático.

—Pero si apenas hace un par de meses que te separaste.

Iranzo encendió un cigarrillo, buscó con la mirada un cenicero y al no encontrarlo arrojó la cerilla al suelo.

—Habíamos vivido juntos durante once años —murmuró—. Eso no se olvida en un par de meses.

«El mundo está lleno de hombres abandonados —se dijo Nana—. Realmente algo muy profundo empieza a cambiar.» Comprendió que Iranzo necesitaba hacerle una confidencia, y la impresión de haber vivido ya esa misma situación le hizo evocar a López. A primera vista pertenecían a la misma raza de hombres, pero no era difícil adivinar lo que los diferenciaba: Iranzo era cínico y agresivo con las mujeres porque le habían herido, no las entendía y acaso las temía secretamente. López en cambio era inflexible, en él la dureza no era una máscara; nunca sería injusto, pero la sangre que circulaba por sus venas tenía la temperatura del hielo.

—Háblame de ella —susurró—. ¿Se fue con otro?

—No. Eso no me hubiera importado. Mejor dicho, sí, pero lo hubiese entendido. Me dejó por el niño.

—No comprendo.

—Llevábamos siete años casados y no habíamos tenido hijos. Ella empezaba a volverse loca, hay muchas mujeres que se sienten inútiles si no paren, como si su propia vida careciese de sentido.

—Lo sé.

—Finalmente adoptamos a un niño. Yo creía que eso lo arreglaría todo, pero en cierto modo fue peor. Ella en seguida se encariñó con el pequeño de una manera irracional: temía que alguien, su verdadera madre tal vez, pudiese arrebatárselo. Por las noches se levantaba para asegurarse de que el niño estaba bien, se negaba a dejarlo jugar con otros críos por temor a que le ocurriese algo, retrasaba el momento de llevarlo al colegio, sólo hablaba de él y sólo pensaba en él. Yo empecé a preocuparme, no por mí: por los tres. El chaval, que tiene ahora nueve años, también nos quería y tenía todo lo que pudiese apetecerle, pero mi mujer lo asfixiaba, no le dejaba crecer.

—Entiendo.

—Dudo que lo entiendas. Cuando yo era niño teníamos una gata; una vez parió una camada de nueve gatitos y yo elegí a uno como mi favorito; todo el día lo llevaba en brazos, lo acariciaba... Mi madre me advirtió de lo que iba a ocurrir pero no quise hacerle caso. Unos meses más tarde, todos los gatos se habían desarrollado normalmente y tenían el tamaño de animales adultos, pero mi favorito era como la mitad de uno de sus hermanos y hasta sus instintos parecían atrofiados.

Nana observaba al hombre en silencio tomando pequeños sorbos de su bebida. Por el momento, su resfriado sólo se manifestaba por una cierta congestión nasal. El fotógrafo aplastó en el suelo el resto de su cigarrillo, se puso en pie y se aproximó a la ventana. De espaldas a ella, continuó hablando.

—Ya sabes lo que quiero decir. Eso mismo le estaba ocurriendo al pequeño. Entonces hablé con mi mujer, y ella, en lugar de entenderlo, me acusó de estar celoso del niño. Las cosas continuaron así durante tres años. Al final, yo había dejado de existir para ellos. Mi mujer consiguió volver al chico en mi contra. Inesperadamente, ella recibió una herencia y tomó la decisión de irse a vivir a la costa. Se llevó al pequeño con ella, naturalmente. Ni siquiera he podido volver a verlo, ella se las ha arreglado para que no sepa dónde están.

—Pero tienes derecho a ver al niño. Cualquier juez...

—No es un asunto de jueces, es algo que debemos resolver entre nosotros. Y ya te digo que el chico está de parte de ella. No quiere verme. Es irónico pensar que iba a ser él quien había de unirnos más y ha resultado lo contrario.

—Lo siento —murmuró Nana.

Iranzo se volvió hacia ella con su extraña sonrisa sesgada.

—Dejémoslo. Tu compasión no me sirve de nada.

La máscara cínica ocupaba otra vez su lugar.

—No se trata de compasión. Sólo intentaba...

El timbre del teléfono la interrumpió. Fue a contestar mientras Iranzo permanecía junto a la ventana.

—Soy yo —dijo la voz.

—¿Y quién es yo?

—José. Nos conocimos ayer, ¿recuerdas?

—No había reconocido tu voz.

—Llamaba para saber si estás mejor de tu constipado.

—Sí, gracias. Fuiste muy amable ayer.

—Me preguntaba si..., no quiero ser inoportuno, desde luego..., había pensado que estando tan cerca uno del otro es una tontería que cenemos a solas. Por esta noche, uno de nosotros podría cocinar para dos, ¿qué te parece?

Nana miró a Iranzo, que continuaba en el mismo lugar, y de pronto comprendió. José lo había visto desde su casa. La estaba poniendo a prueba; quería saber si ella sería capaz de librarse de su invitado por él.

—La verdad es que en este momento hay un amigo aquí.

El susurro le llegó apremiante a través del hilo, con una inesperada autoridad.

—Líbrate de él.

La audacia repentina de los tímidos. Nana respondió sin rodeos.

—No me parece bien.

Hubo un instante de silencio. Oyó a José inspirar profundamente y se preguntó si estaba a punto de desistir. Cuando habló de nuevo, la voz masculina tenía un timbre desconocido que contradecía al muchacho frío y reservado de la noche anterior.

—Necesito verte. Hace mucho tiempo que te quiero.

Fue como una conmoción. Durante unos instantes quedó sin aliento, incapaz de responder. José aguardaba, conocedor del poder de sus palabras, que sin duda eran sinceras. ¿Por qué ahora, de pronto, se descubría? Acaso había descubierto su amistad con el policía, y que ambos, el policía y ella, andaban tras la misma pista. En tal caso, y si él era el hombre que estaba buscando, sólo podía pretender dos cosas con su repentina impaciencia: una, averiguar hasta qué punto había avanzado ella en su investigación. Dos, eliminarla.

Pero también para ella era una ocasión única de saber.

—Dentro de diez minutos —dijo al fin—. Aquí.

Si corría peligro, mejor encontrarse en terreno conocido por más que le tentase la idea de explorar la casa de él.

—¿Y tu amigo?

—Mi amigo ya se marcha.

Colgó y se volvió hacia Iranzo.

El había comprendido y la miraba con su acostumbrada expresión que pretendía ser de superioridad.

—De modo que me echas.

—Te suplico que te vayas ahora, Iranzo. Lamento

la brusquedad, pero se trata de algo inesperado y es muy importante para mí.

—No tienes que disculparte, no estás en deuda conmigo.

—No es lo que crees. Una persona va a venir, pero el interés que tengo en ella es puramente profesional.

—De acuerdo, subiré mi cámara y le haremos una entrevista. A lo mejor se trata de tu famoso Jack.

—Vete ya, por favor. Te prometo que cualquier otro día continuaremos hablando sin prisas.

Se acercó a él y le besó en la mejilla aprovechando el contacto para empujarlo suavemente hacia la puerta.

Iranzo caminó hacia la salida. Había recuperado su sonrisa y todavía se permitió bromear desde la puerta.

—Adiós, Maigret. Piensa un poco en mí.

El timbre de la puerta la sobresaltó. Estaba en la cocina, preguntándose si debía proveerse de alguna clase de arma y esconderla en su ropa.

Se contempló un instante en el espejo del recibidor y ensayó una sonrisa antes de abrir la puerta.

—Hola —José también sonreía con su mirada profunda.

—Hola.

No supo qué más decirle. Se mordió los labios, como hacía cuando estaba indecisa o preocupada, y le invitó a pasar. El aroma de los cigarrillos de Iranzo flotaba en el ambiente y el tocadiscos continuaba funcionando después de que la aguja hubiera llegado al final.

José llevaba un par de libros en la mano. Se los

entregó en seguida, con la torpeza —imposible saber si fingida o auténtica— de los tímidos.

—Pensé que tal vez...

Siempre dejaba inconclusas sus frases, como hacen los verdaderos tímidos. Nana examinó los libros preguntándose si habría sido capaz de llevarle alguno de los que faltaban de su biblioteca, y tuvo que hacer un esfuerzo para ocultar su decepción. Desde luego, eran de crímenes, pero se trataba de simples novelas.

—Patricia Highsmith y Margaret Millar —leyó—. Qué bien, no he leído ninguna de las dos.

—Lo sé.

—¿Lo sabes?

—Son novedades. Ninguna de esas dos novelas estaba traducida al español hasta ahora.

—Olvidaba que eres un profesional. No me acostumbro a pensar en ti como un bibliotecario.

—Me dijeron que una muchacha rubia con un chaquetón de piel había estado donde trabajo haciendo preguntas. Parecía muy interesada por mí. Una compañera le dio incluso mi dirección. Me llamó anoche, porque pensó que la muchacha de quien te hablo la había engañado. Al parecer se hizo pasar por funcionaria del Ministerio de Cultura.

—No exactamente —repondió Nana—. Ahora veo por qué tenías tanta prisa por venir a hablar conmigo.

—No conozco a ninguna otra rubia que use un chaquetón de piel.

—Está bien, admito que quería conocerte.

—Eso no tiene ningún sentido: sabiendo que vivo en la casa de enfrente no necesitabas ir donde trabajo para preguntar mi dirección. Lo que no entiendo es cómo averiguaste que trabajo allí, y qué fuiste a buscar en realidad.

—Bueno, también tú sabías en qué trabajo yo.

—No es lo mismo. Conocía tu nombre gracias al cartero y sabía que eras periodista; por otra parte leo tu revista desde hace años.

Nana se tomó tiempo para responder. Fue a por un vaso limpio, sirvió bebida para José y puso en su propio vaso el resto de lo que quedaba en la botella, dos dedos cumplidos. Una porción de su mente se detuvo a considerar que aquél era por lo menos el cuarto vaso que se servía y se preguntó si no estarían empezando a hacerle efecto; no era el momento de perder lucidez.

—Nunca había bebido tanto —dijo en voz alta, como para sí misma—; me he tomado dos en la revista y otro más hace un rato. Supongo que se debe a que estoy preocupada. ¿Sabes por qué?

José no respondió.

—Porque estoy intentando descubrir al hombre que ha asesinado a dos niños en los últimos días. No hago otra cosa más que pensar en ello. Por eso fui a la biblioteca.

—No entiendo qué tenemos que ver la biblioteca o yo.

No había nada en su voz que le delatase. Su gesto volvía a ser frío, sin alarma ni hostilidad.

—En realidad, nada. Buscaba unos libros. Dio la casualidad de que según me informaron habían desaparecido, y entonces quise hablar con el bibliotecario de las mañanas. Me dieron la dirección y resultaste ser tú.

—Bien, una coincidencia, pero no veo qué tiene de particular, ni entiendo por qué dices que estás preocupada.

—Te lo explicaré. Según mi teoría, los libros de que te hablo son un indicio de culpabilidad: su poseedor se hace automáticamente sospechoso. Y creo que los tienes tú.

José no alteró un músculo de su rostro. La miraba con atención, como un buen muchacho que se esfuerza por comprender las explicaciones de un catedrático poco claro.

—¿Por qué lo crees?

—Son varios, son gruesos, abultan mucho. No creo que nadie los haya podido hurtar a escondidas. O bien viste a quien se los llevaba o bien te los llevaste tú mismo.

—Es la cosa más fantástica... —José se interrumpió como si no supiera qué decir; a pesar de todo no parecía enojado—. Nunca oí decir que el tener unos libros le convirtiera a uno en asesino. ¿Y se puede saber de qué libros se trata? Supongo que uno de ellos será el de De Quincey, *Del asesinato, considerado como una de las bellas artes*.

—Puede ser —respondió Nana sin sonreír.

Todo estaba saliendo mal. Había iniciado la conversación con el propósito de decirle parte de la verdad y obtener así el resto, y lo único que conseguía era descubrir su juego. Ahora José estaba sobre aviso. Si él era Jack, no habría más anónimos. Y tal vez la próxima víctima no fuese un niño sino una periodista novata.

—Bueno, imaginación no te falta —dijo él poniéndose en pie—. Supongo que por eso escribes. Pero francamente, no consigo creer que hables en serio.

—Pues así es.

Él puso sus manos en los hombros de Nana. Eran unas manos largas de dedos finos, como se dice que son las manos de los criminales.

La miró largamente con sus ojos profundos de color cambiante, que en ese momento no estaban lejos del gris. Luego puso las manos en torno a su cuello, sin hacer presión, como si quisiera jugar con ella. Sonrió sin que los ojos participaran de la sonrisa y Nana se dijo una vez más que había algo discordante en él, un aspecto ficticio difícil de precisar que no encajaba con el resto. Timidez y aplomo se sucedían sin motivo en su extraña manera de ser. Quizás era eso lo que en los manuales de psicología llaman esquizofrenia. Pensó en la primera imagen que le había suscitado José —el psicópata asesino del motel en *Psicosis*— y tuvo que hacer un esfuerzo para no demostrar su terror.

—Estás loca —susurró José—. Sólo a una loca se le ocurre quedarse a solas con un hombre del que piensa que es un asesino. Si estás en lo cierto, ¿qué crees que puede ocurrir ahora?

Fugazmente, Nana consideró la distancia que le separaba del teléfono y se preguntó si López estaría en la comisaría o en su casa. Se dijo, sin recordar que estaban peleados, que acaso se presentara de improviso como otras veces.

—No creo que seas un asesino —musitó—. Intentaba hacerme la interesante contigo. Olvídalo todo, por favor.

—Queda en pie el hecho de que preguntaste por mí en la biblioteca. Y que provocaste nuestro encuentro de ayer.

De pronto, la bebida y las décimas de fiebre que el resfriado le provocaba en cuanto anochecía parecieron combinar sus efectos en contra de ella. Sintió una repentina lasitud, un deseo irracional de dejarse llevar, de abandonarse y confiar en alguien. Abatió su cabeza y la apoyó en el pecho de José. Sin saber por qué, sus ojos estaban empañados. Se sentía terriblemente cansada.

José la abrazó y acarició su pelo. Un hondo suspiro salió inaudible de la garganta de Nana.

—Estás loca —repitió él, pero ahora en un tono muy diferente.

La besó en los cabellos, en la frente, en los párpados.

—Dijiste que me querías.

—Y es verdad. Lo que te dije por teléfono es verdad. Y puedes estar tranquila: yo no maté a esos niños, ni siquiera robo libros de mi propia biblioteca, eso no tendría sentido.

—Es verdad. Si quisieras alguno no tendrías más que pedir un duplicado con cualquier pretexto y te enviarían un ejemplar nuevo.

—Eso es.

«Pero entonces quedaría constancia de tu petición, y tú no quieres que se sepa que los tienes.»

Era como una voz interior que a pesar de ella misma continuaba desconfiando. Y de pronto comprendió que sólo había una manera de salir definitivamente de dudas. Tenía que ver a cualquier precio la casa de José para cerciorarse de que los libros no estaban allí. Tenía que registrarla con tiempo, a solas.

Si conseguía la llave, dispondría de toda la mañana siguiente para su inspección. Tuvo el presentimiento de que las llaves estaban en la chaqueta de José. Tenía que hacer algo para averiguarlo. Le sirvió otra copa.

—¿Quieres...? —empezó—. ¡Oh, qué torpe soy, perdona!

Al agitar el vaso con demasiada fuerza, la bebida salpicó la chaqueta de José.

—Lo limpiaré en un momento.

—No, no, qué tontería, no hace falta.

—Vamos —insistió—, sólo es un segundo. Si froto ahora, la mancha se irá sin dificultad.

Le ayudó a quitarse la prenda y se dirigió con ella a la cocina.

Sacó el llavero y hundió la llave en una pastilla de jabón. La huella era nítida y detallada.

No había tenido tiempo de esconder la pastilla cuando oyó los pasos de José.

—No creas que no me he dado cuenta. Lo has hecho intencionadamente.

Esas palabras provocaron un cosquilleo en su nuca.

—¿A qué te refieres? —preguntó reintegrando las llaves al bolsillo con la esperanza de que no hubiese quedado en ellas ningún resto de jabón.

—El pretexto de la mancha. Lo que ocurre es que deseas que me vaya, ¿no es cierto?

Nana avanzó hacia él para no darle ocasión a que se fijase en la pastilla de jabón.

No le hubiera costado ningún esfuerzo decirle que estaba en un error. Pero entonces volvió a su memoria el recuerdo de los niños asesinados, y todo lo que pudo hacer fue ofrecer a José la pálida imitación de una sonrisa.

El corazón le hacía daño en el pecho, tenía la boca seca y podía percibir cómo la sangre percutía en sus sienes. «Es la resaca —se dijo—, o tal vez las secuelas del resfriado.» Pero sabía que era otra cosa. Su nombre era pánico y no podía hacer nada por evitarlo.

Introdujo la llave en la cerradura. Aguzaba el oído, pendiente de cualquier posible rumor procedente de la escalera, de los otros pisos. Hizo girar la llave. Funcionaba. Estaba abriendo. «José, perdóname, necesito hacer esto.» Ya estaba dentro.

No había sido difícil conseguir la llave. El hombre que las hacía —desde luego, no uno del barrio— había escuchado su fantástica historia sin mostrar incredulidad. «Mi marido supone que bastará con este molde para hacer una nueva; él se ha llevado la única que tenemos por si vuelve a casa antes que yo.» Había puesto el pedazo del jabón sobre el mostrador y el hombre se había limitado a comparar la impresión con una de sus llaves sin dientes. Le había bastado medio minuto para hacer una que se adaptara perfectamente.

Nana la apretó con fuerza en su mano mientras cerraba a su espalda. El pequeño vestíbulo carecía de personalidad. El piso no era muy distinto del suyo. Abrió la primera puerta y vio que correspondía a un cuarto interior destinado a vestidor que tampoco ofrecía nada de interés. La segunda era un dormitorio. Decidió dejarlo para el final. Al extremo del pasillo había una puerta cerrada. Adivinó antes de abrir que correspondía a la habitación desde la que se divisaba su casa. Empujó, temiendo encontrarla cerrada con llave. Se abrió sin dificultad y vio que había acertado. Inmediatamente se fijó en el gran ventanal, desde el que podía ver las ventanas de su piso.

Luego, los demás detalles parecieron saltar al encuentro de su mirada conformando un tríptico monstruoso y revelador, un jardín de las delicias que sólo para ella tenía sentido.

En primer lugar, estaba el telescopio. Un aparato potente y preciso, que a pesar de estar camuflado entre las cortinas apuntaba indudablemente a sus ventanas.

En segundo lugar, las fotos. Un gran trozo de pared cubierto con fotos tomadas a distancia, algunas probablemente con teleobjetivo, y todas con el mismo tema. Ella.

Secándose el cabello recién lavado, en la ventana. Regando las macetas. Saliendo de casa. Leyendo, tal vez oyendo música, limpiando. Siempre ella, de frente, de tres cuartos, en escorzo, con pelo recogido o suelto. Contemplándose, sintió que la ira y el miedo se confundían en su interior.

Pero aún había algo más. En la otra pared, frente a sus fotos. Eran carteles de películas, recortes de revistas clavados en un tablón de corcho, y unos anaqueles repletos de libros. Todo ello también con un mismo tema. Pero esta vez se trataba del crimen.

—*El exterminador, Los asesinos, Enciclopedia del crimen, Retrato de un asesino*... —leyó en voz alta sin darse cuenta, sobrecogida.

Había también novelas. La primera que miró se titulaba *¿Dónde están los niños?* Algunos de los libros tenían pasajes subrayados. Parte de ellos conservaban la signatura y el sello de la biblioteca pública.

Observó de nuevo los carteles de cine. Dos de ellos eran de películas que trataban de Jack el Destripador.

Le pareció que la habitación estaba a punto de ponerse a girar en torno a ella. Tuvo que sentarse y sostener su rostro entre las manos para recuperar la serenidad. Permaneció inmóvil durante largos minutos, forzándose a pensar. Si José salía de la biblioteca a media mañana y regresaba por cualquier motivo, la encontraría allí. Pero no conseguía decidirse a abandonar la habitación, aquel extraño santuario dedicado a dos cultos. Ella y el crimen.

José... Pensó en él, intentó pensar en él, de una manera fría. Pero era absurdo pretenderlo cuando todas aquellas fotos permanecían frente a ella.

Fuera como fuese, José necesitaba ayuda, una ayuda que ella no podía darle. Y no tenía derecho a hacerse responsable de que continuara en libertad para seguir matando impunemente. Se puso en pie y comenzó a desclavar las fotos, pero luego lo pensó mejor y volvió a colocarlas tal como estaban. A la policía no iba a gustarle que tocase nada, ni aun sus propias fotos. De pronto su mirada tropezó con un teléfono. Tal vez había una forma de evitar que un rebaño de policías invadiese aquello sin comprender nada y dispuesto a maltratar a José.

Marcó un número que conocía de memoria.

—Inspector López Cáceres, por favor.

Mientras aguardaba, miró nuevamente en torno suyo preguntándose aún si estaba haciendo lo correcto.

Cuando el policía estuvo al teléfono, fue clara y concisa para hacerle comprender que hablaba en serio y que no perdería el tiempo en responder preguntas:

—Anota la dirección que voy a darte. Es prácticamente frente a mi casa. Ven en seguida, solo, sube al último piso y llama con los nudillos, estaré esperándote. Yo también estoy sola y no corro ningún peligro, pero apresúrate.

—Dime al menos de qué se trata.

—De él. Lo he encontrado —Nana no se molestó en explicar a quién se refería, segura de que López la entendía perfectamente—. Estoy en su casa.

—¿Y él?

—No sospecha nada.

Colgó. Se sentía culpable.

2

López no se hizo esperar. Parecía cansado y malhumorado, y entró en el piso, después de llamar como habían convenido, con una expresión de recelo.

—¿El dueño de este piso sabe que estás aquí?

—No. He entrado con una llave falsa.

—Allanamiento de morada. Supongo que tendrás una buena razón.

Sin responder, Nana le condujo por el pasillo hasta la habitación del fondo.

—También mi presencia aquí es ilegal —gruñó todavía López—; necesitaría una orden judicial para...

Se interrumpió de golpe cuando Nana abrió la puerta de la habitación. Su mirada recorrió los distintos objetos asociándolos entre sí; observó el telescopio y la dirección en que estaba enfocado, contempló luego las fotos y dirigió a Nana una mirada inexpresiva; los libros y lo demás merecieron un examen más detenido. Por primera vez, Nana comprendió por qué se compara a los policías con perros de presa. López era un profesional que conocía su trabajo. Buscó entre las hojas de los libros y en los rincones más ocultos;

encontró un pequeño cajón cerrado con llave y en un par de minutos consiguió abrirlo valiéndose de una simple lima de uñas.

En el interior había diversos recortes de prensa, entre ellos el primer reportaje de Nana. También había diarios atrasados, tijeras y cinta adhesiva. López repasó rápidamente las cabeceras de los periódicos.

—No hay duda —murmuró como para sí mismo—, con esto preparó los anónimos.

Cuando se volvió hacia ella, su expresión de recelo no había desaparecido.

—¿Cómo diste con él?

—Habría que decir que él dio conmigo: como ves, todo el tiempo lo he tenido frente a mis narices. Seguí la pista de los anónimos, ya sabes, mi teoría sobre Jack; eso me llevó hasta un bibliotecario que resultó ser vecino mío y también —señaló las fotos— lo que podríamos llamar un admirador.

—Un admirador secreto, puesto que esas fotos parecen haber sido tomadas sin que lo supieras.

—Hum, sí, es verdad.

—De modo que él quería llamar tu atención y entonces ideó lo de los anónimos como medio de aproximarse a ti; así lograba tu interés sin delatarse. Tiene cierto sentido, teniendo en cuenta la mentalidad de esa clase de gente. Es como el niño que hace ofrenda de sus excrementos pensando que se trata de algo valioso.

—López, no creo que sea el momento de jugar a psicoanalistas. Si te he llamado es para que ayudes a este pobre hombre. Sé que tú te encargarás de que tenga asistencia legal y ayuda médica.

—Hay leyes que se ocupan de eso; mi única obligación con él es informarle de sus derechos. Y no creo que tenga sentido hablar como si ya lo hubiese capturado.

—Sólo tienes que sentarte y esperar. Ya te he dicho que no sospecha nada. Confía en mí.

—Hasta qué punto, es lo que me estoy preguntando. ¿Qué clase de relación tienes con él?

—¿Es una pregunta oficial?

—Responde.

—Sólo le he visto dos veces. Anoche estuvo en mi casa. Aproveché para hacer una copia de la llave de este piso.

—De modo que tenías razón. Habías acertado desde el principio con esa absurda teoría novelesca. Supongo que estarás satisfecha.

—Estoy asqueada. Y empiezo a arrepentirme de haberte llamado.

—Ya es tarde para eso. Pero no te preocupes, has hecho lo que debías. No sé qué hubiera ocurrido si tardamos un poco más en dar con él. Ahora los niños de esta ciudad podrán respirar tranquilos.

La mañana era inesperadamente cálida, uno de esos días de enero en que un sol engañoso se abre paso entre la contaminación aletargando a los ciudadanos. En el centro, los transeúntes desocupados caminaban con los abrigos desabrochados y las bufandas sueltas. Algunos habían decidido acercarse al parque, donde —como todos los jueves— grupos de niños jugaban bajo la vigilancia de sus profesores.

El hombre de la gabardina caminaba con las solapas levantadas y, por algún motivo, no parecía contento con la inesperada claridad del día ni con la afluencia de visitantes en el parque.

Su mano derecha, en el bolsillo de la gabardina,

acariciaba un largo pañuelo de seda. Le gustaba el tacto suave, la apariencia inofensiva de aquel arma mortal que podía exhibir libremente sin levantar sospechas. No había necesitado nada la primera vez, y había sido suficiente con su gabardina para asfixiar al segundo niño. Miguel, se llamaba Miguel. Había aceptado subir con él en el coche, pero eso no era frecuente. Los niños están prevenidos con respecto a los coches de los extraños, y además un vehículo siempre puede dejar pistas. Mejor así, ser un paseante más entre los desocupados, los jubilados, los estudiantes, un rostro en la multitud, un hombre como los demás.

Observó a los niños, que alborotaban disputándose los columpios y jugando a perseguirse. Los niños. Siempre le hacían evocar su desgracia. Pero aquello había sucedido hacía mucho tiempo y no era bueno recordar; le hacía daño, le ofendía aún, igual que le ofendían los niños, cualquier niño, con su presunta inocencia y su desvalimiento fingido. Pero él sabía la verdad y tenía el deber de castigarlos.

Se apartó del paseo internándose entre los árboles. Eran castaños; había frutos en el suelo, algunos libres de su cápsula erizada. Tuvo cuidado de no pisarlos y evitó sobre todo la hojarasca que hubiera crujido delatándole. Frente a él, a pocos pasos, estaban ahora algunos de los niños más pequeños. Una maestra poco cuidadosa leía sentada en un banco dirigiéndoles de vez en cuando una mirada distraída.

Aguardó pacientemente tras el grueso tronco de un árbol, sin acercarse demasiado. Los niños iban de un lado para otro, jugando al escondite, y una niña rubia no tardó en acercarse. Se escondió tras el seto, de espaldas a él, apenas a tres pasos de distancia. Iba a ser muy fácil.

Sacó el pañuelo de su bolsillo y lo enrolló fuertemente en torno a su muñeca. Resistiría, lo había probado de distintos modos en casa. Tiró del otro extremo, tensándolo. La maestra continuaba absorta en su libro y ninguno de los niños miraba hacia allí. Salió de detrás del árbol y avanzó un paso hacia la niña.

No tendría más de seis o siete años. Como David. Como Miguel. Como él mismo cuando... Pero ahora no quería pensar en ello. Dio un paso más y la pequeña quedó al alcance de sus manos. Aquella parte del parque era particularmente umbría por causa de los árboles, castaños y encinas, que aun en invierno seguían siendo frondosos; no era fácil que nadie le viese desde lejos. Inspiró con fuerza. Un tic nervioso deformó su boca y sintió que la tensión le humedecía las palmas de las manos. La niña, en cuclillas, seguía con la mirada los movimientos de sus compañeros de juegos, que uno a uno iban saliendo de sus escondites.

Moriría dulcemente, igual que los otros. Él no quería ver sangre, no podía soportarla. Alargó los brazos, cayendo sobre ella desde atrás y arriba, como un ave de presa con las alas desplegadas, y el pañuelo se ciñó en torno al cuello infantil.

La pequeña emitió una especie de estertor. Un sonido débil que no podían escuchar sus compañeros, a sólo una docena de metros de distancia.

El hombre aumentó la presión paulatinamente, agachado ahora y a cubierto de miradas gracias al seto. La lengua de la pequeña asomó por entre sus labios ya pálidos. Sus ojos estaban muy abiertos y con las pupilas extraviadas.

Y entonces, surgido de algún escondite inverosímil, un niño apareció de pronto frente a ellos. Su grito hirió el aire calmo de la mañana sobresaltando a la maestra, a sus compañeros. Era un grito de terror agudo e inapelable, una demanda de auxilio que inmediatamente convocó a los adultos que lo oyeron.

El hombre comprendió que tenía el tiempo justo de huir y soltó a la niña, que cayó a tierra boqueando como un pez. Escondió el pañuelo en su gabardina y corrió por entre los árboles.

Poco después estaba fuera del parque y una vez más era un rostro anónimo en la multitud.

López terminó de anotar todo lo que Nana le había contado y consultó su reloj.

—Si estás en lo cierto respecto al horario de la biblioteca, saldrá de un momento a otro. Llamaré para pedir refuerzos.

Nana puso su mano sobre la de él, impidiéndole coger el teléfono.

—Por favor, no lo hagas. Hemos hecho un trato.

—¿Cuándo? Yo no recuerdo haberlo hecho. No te das cuenta de que si me quedo aquí sentado, como tú dices, será una detención ilegal y si él consigue un buen abogado sacarán partido de ello. Debo esperarle afuera, y para eso necesito ayuda.

Se miraron en silencio, con la vieja hostilidad que a menudo se interponía entre ellos. Nana comprendió que estaba derrotada y no hizo nada por evitar que López cogiese el teléfono. Inesperadamente, antes de que él pudiera levantarlo, comenzó a sonar.

—Contesta —ordenó López—. Al fin y al cabo, no puede ser él. Intenta averiguar quién llama y luego di que se han equivocado.

Nana obedeció sin replicar. Extrañamente, la voz en el teléfono le resultó familiar.

—¿Es la casa de José Orgaz? Hablo con la asistenta, supongo. ¿No está él?

—No, lo siento —murmuró Nana ambiguamente, dispuesta a añadir en su momento: «Se equivoca de número».

—Sírvase recordarle que sea puntual esta tarde para abrir la biblioteca, por favor.

—¿Es que la sustituye a usted?

Después de todo, no valía la pena fingir. José estaría detenido incluso antes de la tarde.

—Hemos cambiado los turnos. Pero ¿por qué lo pregunta? ¿Quién es usted?

Nana colgó sin responder. Se volvió hacia López, que la miraba interrogante.

—No ha ido a trabajar, ahora va por las tardes.

—Eso significa que puede volver en cualquier momento.

El policía sacó su arma reglamentaria de una funda oculta bajo la chaqueta, y la puso a su alcance.

—¿Cómo es? —preguntó.

—Joven, unos veinticinco años, alto y delgado, nervioso pero al mismo tiempo tiene dominio de sí mismo. No creo que vaya armado. López, es un pobre diablo, un enfermo, no es con una pistola como hay que tratarle.

—Ha matado a dos niños y amenazó con seguir matando, ¿recuerdas? Tu pobre enfermo es un peligro público.

—Si no te hubiese llamado...

López la interrumpió pidiéndole silencio con un gesto. También Nana acababa de oír un ruido procedente del pasillo. Él se puso en pie y la empujó tras un mueble, de manera que quedase protegida. Nana tenía la suficiente experiencia como para no ignorar que los rebotes de los proyectiles en una habitación son un peligro mortal. Se preguntaba si López sería capaz de disparar. Empuñaba la pistola con ambas manos y se situó a un lado de la puerta. Por un momento, estuvo tentada de gritar advirtiendo a José.

Oyó su voz, que preguntaba desde el pasillo:

—¿Quién está ahí?

De modo que él los había oído a su vez. Probablemente no se arriesgaría a entrar en la habitación; acaso saliese de nuevo para ponerse a salvo en la calle, ésa era la reacción lógica aunque imaginase que se trataba de simples ladrones.

López debió pensar lo mismo y prefirió precipitar las cosas. Abrió de golpe y se situó en el umbral con las piernas muy separadas y el cuerpo inclinado hacia delante.

—¡Arriba las manos! ¡Vuélvase cara a la pared!

Desde su puesto, Nana oyó correr a José y vio a López salir tras él maldiciendo entre dientes. Antes de que ella pudiese llegar al pasillo la puerta del piso se cerró con estruendo. López la alcanzó dispuesto a bajar las escaleras a toda velocidad, pero algo le hizo detenerse cuando ya empezaba a hacerlo: un reflejo de luz, en los peldaños, proveniente de más arriba. Levantó la mirada y vio que la puerta que daba a la azotea estaba abierta.

Nana salía en ese momento y tropezó con él en el descansillo. López le hizo una seña para que se quedase detrás de él y comenzó a subir los tramos de escalera que le separaban de la azotea. Ella subió pegada a su espalda. «Los animales asustados tienden a buscar las alturas», pensó. Aunque tal vez José tenía prevista una escapatoria para un caso de emergencia.

La azotea estaba inundada de sol. Tenía el suelo recubierto de un material aislante que reverberaba como metal y que al pronto los dejó casi deslumbrados. Había ropa tendida, sábanas y una colcha, y López se agachó para cerciorarse de que José no estaba al otro lado.

Después pasó por entre las sábanas apartándolas a manotazos, con Nana siempre detrás. José estaba todavía a la vista: había pasado a la azotea contigua y corría hacia una escalera de incendios.

José se volvió para mirarlos. Fue entonces cuando la vio a ella. Su rostro expresó diáfanamente, aun a través de la distancia, todo el desconcierto y el dolor que la inesperada presencia de ella le causaba. Parecía tan vulnerable, a pleno sol, su silueta recortada contra el cielo, un blanco que López no podía fallar, que Nana sintió de pronto el horror como un puñetazo. Se preguntó qué estaba haciendo allí, qué clase de curiosidad morbosa —deformación profesional, había dicho él el primer día— la había empujado a participar en esa caza del hombre.

Pero ahora no podía volverse atrás. Tenía que quedarse hasta el final, porque en cierto modo era responsable de la suerte de José. Por eso, cuando lo vio correr de nuevo, se alegró por él y al mismo tiempo temió por su vida.

López hizo un primer disparo al aire, que en la quietud del mediodía sonó incongruente. José comprendió que no podría llegar a la escalera de incendios y cambió bruscamente de dirección. Había otra terraza, a un nivel más bajo, desde la que podía continuar su huida resguardándose entre los lavaderos y las coladas. Llegó al extremo de la azotea y se dispuso a saltar, pero había perdido demasiado tiempo, en cierto sentido por causa de Nana, y López estaba a punto de darle alcance. José se volvió nuevamente, jadeando como un animal acosado, y el arma del policía le apuntó, a dos pasos de distancia, directamente al rostro.

Permanecieron así uno y otro, inmóviles, durante un largo minuto, respirando agitadamente. Luego López buscó con la mano izquierda unas esposas y obligó a José a aproximarse.

Oía distraídamente la conversación vulgar de los policías, con el pensamiento en otra parte, en el calabozo que en ese momento ya debía estar ocupando José.

Había ido tras el coche de la policía, en un taxi, hasta la comisaría, a pesar de que López le advirtió que tal vez tendría que aguardar bastante. Prefería pasar por ello en seguida, en lugar de esperar a que la convocasen para declarar. Era casi media tarde y parecían haberse olvidado de ella. Su revista estaría en los quioscos al día siguiente, como todos los viernes; a esa hora ya debía estar saliendo de la imprenta. Era demasiado tarde para llamar y cambiar su reportaje por aquella noticia que aún tenía en exclusiva.

Se preguntaba si de todas formas lo hubiera hecho, en caso de estar a tiempo. No importaba, en cualquier caso sus compañeros de los diarios se encargarían de destacar su papel. «Una reportera de sucesos descubre al asesino de los niños», dirían probablemente los periódicos del día siguiente. Era posible que su foto apareciese en ellos, y tal vez algunos datos de su incipiente biografía. ¿Era eso lo que había buscado? No era gran cosa, teniendo en cuenta la contrapartida: un hombre pasaría el resto de su vida en la cárcel.

Y tal vez, después de todo, fuese inocente.

Ahora, por primera vez, reflexionaba sobre una

idea elemental que no había tenido en cuenta antes: el hecho de que José fuese el autor de los anónimos no demostraba necesariamente que hubiese cometido los crímenes. Si realmente era un perturbado, nada le impedía involucrarse en algo monstruoso y ajeno a él.

Se levantó de su asiento y pidió un cigarrillo a los policías. Sólo fumaba en momentos de mucha tensión, y la falta de costumbre hizo que la primera bocanada quemase sus pulmones y enviase una rara sensación a su cerebro, algo como un asomo de vértigo. Intentó distraerse con la charla de los policías para no estar pendiente del reloj.

—Antes de ingresar, se puede decir que me había pasado la vida al aire libre —decía uno—. Mi pueblo está cerca de Sierra Nevada, yo hacía de pastor a los nueve años. La primera vez que me llevaron a Granada tenía casi once. Iban a meterme interno en un colegio. Yo nunca había visto una verdadera ciudad, y cuando me encontré en la Gran Vía, con todos aquellos coches, me puse a llorar.

El otro le escuchaba sonriente, con una punta de superioridad.

—Yo sin embargo nací aquí. Para ver animales vivos tenía que ir al circo o al cine. Una vez en la escuela nos mandaron dibujar una gallina y yo la pinté con cuatro patas.

—Me estás tomando el pelo.

—Palabra que no.

López apareció en aquel momento e hizo una seña a Nana. La condujo a un despacho vacío y se sentó con ella, del mismo lado de la mesa. Nana agradeció que no se instalara al otro lado.

—Perdona por haberte hecho esperar tanto. He hablado con él, no un verdadero interrogatorio sino algo parecido a una charla. Es inteligente. La mayoría de los criminales lo son. No consigo entender sus motivos para hacer lo que ha hecho. No creo que esté loco.

—¿Pero ha confesado?

—No, no he querido forzarle antes de que venga su abogado. Sin embargo reconoce que envió los anónimos. Por eso digo que es listo, sólo admite lo que podemos probar. Niega lo demás, incluso la llamada que te hizo anunciando que volvería a matar.

Nana se quedó pensativa, reflexionando intensamente sin dejar de morderse los labios.

—Imagínate que dice la verdad, supón que él no hiciera esa llamada. Eso lo cambiaría todo.

—¿Qué quieres decir?

—En vísperas de navidad, alguien estranguló a un niño de siete años. Era la clase de crimen que conmueve a todo el mundo y que desata la fantasía de ciertas personas. Tú debes de saber que cuando hay un crimen suficientemente espantoso, a veces se dan falsas confesiones de culpabilidad, y tanto vosotros como la prensa suele recibir algún anónimo. Por otro lado tenemos a un hombre patológicamente tímido, que está enamorado, digámoslo así, de una periodista vecina suya. No encuentra otra forma de aproximarse a ella que el tortuoso sistema de los anónimos. Le envía uno a ella y otro a una agencia de noticias para disimular. Como es aficionado a la literatura de crímenes, usa las palabras de Jack el Destripador.

López escuchaba con atención palpándose su barba desigual.

—Te olvidas de una cosa —dijo—. El segundo comunicante —si es que realmente era otro el de la llamada— también usó las palabras del Destripador. ¿Otro experto en biografías de criminales o una coincidencia? Naturalmente, ya conoces la respuesta, se trataba de la misma persona. Y nos consta que quien hizo la llamada era el verdadero asesino: anunció un nuevo crimen con una horas de antelación. No, Nana, el que preparó los anónimos, el que llamó a la revista, y quien cometió los crímenes, son la misma persona. José Orgaz. En el fondo, deseaba que le cogiéramos, quiere ser famoso, que todo el mundo hable de él. Los criminales de esta clase siempre son así.

Nana se puso en pie desalentada.

—Creo que no tengo nada más que hacer aquí. Dime si puedo escribir mi declaración y marcharme ya.

—Por el momento no será necesario que declares. Más adelante ya te llamará el juez, pero si quieres puedo seguir intentando que quedes al margen de todo.

El teléfono comenzó a sonar. Respondió López pidiendo a Nana por señas que aguardase todavía. Habló un par de minutos sin decir otra cosa que monosílabos de asentimiento, colgó y se volvió hacia ella.

—Hay novedades. Esta mañana, mientras esperábamos en su casa, ha intentado matar a una chiquilla.

Nana acusó el golpe. Sus hombros se abatieron y su mirada se hizo opaca.

—Hay testigos —prosiguió López—: la pequeña, otro chico, y tal vez la maestra podrían reconocerlo. Naturalmente, no podemos obligar a unos niños a testimoniar, pero ya están hablando con los padres de ambos y probablemente en una o dos horas estarán aquí. Si quieres ser la primera en conocer cómo termina todo, no tienes más que quedarte; tus compañeros de la prensa todavía no saben nada. Entre tanto, vamos a comer algo.

La tomó por un brazo y ella se dejó conducir hasta la calle. Entraron en una cafetería cercana, que a esa hora estaba desierta, y López encargó un plato combinado para cada uno.

—¿Es la comida o la cena? —preguntó el camarero, que parecía conocerle, intentando entablar conversación.

López se libró de él con su mal genio habitual y habló en voz baja para que no le oyese desde la barra.

—¿Recuerdas lo que Colin Wilson llama la teoría del cinco por ciento dominante? Una persona de cada veinte es un líder natural que influye en los demás; está más dispuesto a prescindir de las normas; se podría decir que en un cierto sentido es más libre. Los asesinos pertenecen a ese grupo.

—Naturalmente que he leído todo eso. Fui yo quien te habló de los libros que tratan de estas cuestiones, y si no recuerdo mal te burlabas de mí.

—Pues ahora me disculpo. En los últimos días yo también he ojeado sus famosas semblanzas de criminales y tratados sobre el crimen.

Se interrumpió para dar tiempo a que el camarero les sirviese, y luego atacó su plato vorazmente.

—Si comes tan deprisa empeorará tu úlcera.

—Olvida mi úlcera ahora. Deja de cuidar a todo el mundo, incluido ese loco, y ocúpate de ti misma.

—Tú también perteneces al cinco por ciento dominante —sonrió Nana—, aunque no hayas matado a nadie todavía.

Miró su plato, que tenía un aspecto bastante repulsivo, con un aplastado huevo frito flanqueado de salchichas sospechosas y guisantes duros y brillantes como cuentas de un collar.

—Si comes aquí a menudo, empiezo a entender muchas cosas —continuó—: tu veneración por mis tortillas y la mala leche que gastas.

López gruñó satisfecho, comprendiendo que la reconciliación había comenzado.

—Mi hija está todavía muy impresionada —explicaba el hombre— y sólo he accedido a traerla porque me han dicho que su testimonio puede ayudar a que condenen a ese malnacido. Pero arréglenlo para que no tenga que verse de nuevo frente a él.

—Descuide, no será necesario. Y le estamos muy agradecidos por su colaboración.

López miró al resto de las personas que se hallaban sentadas en la habitación. La madre de la niña acariciaba a su pequeña nerviosamente y los padres del otro niño custodiaban a su hijo, un chico de gafitas con aspecto de empollón precoz. La maestra se había sentado más atrás y parecía ser la más nerviosa de todos, tal vez por el pensamiento de su propia responsabilidad en lo que había estado a punto de ocurrir. Había también un funcionario dispuesto a tomar notas y otro policía que a una seña de López levantó un teléfono y pronunció una orden.

—Podemos empezar.

El abogado de José, un joven profesional a quien se había llamado de oficio, entró en la habitación en el momento en que López llamaba la atención a todos hacia la pared cuya mitad superior era de cristal.

Nana, que no había querido estar presente, aguardaba en el pasillo.

—Podrán verle perfectamente —dijo López— pero él no los verá a ustedes. Por el otro lado, el cristal es un espejo. No traten de influir en los niños, dejen que se tomen todo el tiempo que quieran. Usted, señorita —se dirigió a la maestra—, fíjese en su estatura y complexión ya que según dice apenas le pudo ver el rostro. En caso de no estar segura, diga sólo si podría tratarse de la misma persona o no.

Habló después exclusivamente para los niños.

—¿Habéis entendido bien?

Asintieron los dos en silencio, tanto la niña rubia como su defensor, y López les dedicó una sonrisa alentadora.

—Buenos chicos. Luego os compraré unos caramelitos.

Nunca había sabido cómo tratar a los niños.

Nana se acercó, cuando todos hubieron salido, y miró a López fijamente. El rostro de él era tan inexpresivo como de costumbre.

—¿Y bien?

López se encogió de hombros.

—No hemos avanzado nada.

—No lo han reconocido... Eso significa que es inocente.

—Simplemente no están seguros. Lo que mejor recuerdan era una gabardina y un pañuelo; por supuesto, Orgaz debió deshacerse de ambas cosas antes de volver a casa. La maestra dice que podría ser él como podría ser cualquier otro hombre de su estatura. La niña fue en cierto modo quien menos oportunidad tuvo de fijarse en él. En cuanto al niño...

—¿Qué ha dicho?

—Dice que no es él, pero tampoco está seguro. Le parece que se trataba de un hombre más viejo. En resumen, estamos donde estábamos.

—Bien —dijo Nana—, me marcho. Estoy agotada. Menos mal que tengo un fin de semana por delante para descansar.

—Te llamaré.

—No, yo te llamaré a ti si estoy de humor.

Se alejó por el pasillo sin volver la cabeza. En adelante, su parte había terminado y el resto estaba a cargo de la policía y el juez. Salió a la calle y caminó hacia una parada de taxis.

La noche era fría. Una mala noche para dormir en un calabozo.

El viernes sólo salió de casa para ir al supermercado y al quiosco más cercano, donde compró un ejemplar de su revista. Todos los diarios hablaban, aunque con cautela, de la detención de José. Su propio reportaje carecía ya de sentido. No tenía humor ni siquiera para llamar a la redacción, de modo que se tomó el día libre sin dar explicaciones.

El sábado se levantó muy temprano, se estudió largamente en el espejo del baño y comenzó a cortarse el pelo. El resultado la hizo llorar de rabia y deprimirse aún más. Fue a una peluquería donde consiguieron sacar partido del destrozo. Se lo tiñeron de su color natural, que era casi negro, pagó una fortuna y se sintió considerablemente más animada.

A mediodía se encerró en la cocina y se dedicó a preparar comidas con todas las provisiones que había en la casa. Sin embargo, no probó nada. Intentaba hacer un día de ayuno de vez en cuando, para adelgazar y desintoxicarse, aunque casi nunca conseguía terminarlo.

Al pasar frente a las ventanas miraba hacia la casa de José. No lograba apartarlo de su memoria. Varias veces estuvo tentada de llenar un neceser con lo más imprescindible y marcharse a pasar el fin de semana con sus padres, en aquel ambiente pueblerino de olores y paisajes familiares donde nunca pasaba nada. Finalmente tuvo pereza y se contentó con telefonear a su madre.

Por la noche, lloró frente al televisor con una película estúpida.

El lunes a primera hora llamó a López.

—Hay novedades —anunció él—, pero prefiero que nos veamos en alguna parte y te lo cuento personalmente.

Se citaron en el viejo café. Él ya estaba esperando en la mesa de costumbre cuando llegó Nana retrasada por culpa del tránsito. La contempló sorprendido de su nuevo aspecto.

—¿Qué le ha pasado a tu pelo?

Nana se sentó junto a él y pidió un té.

—Soy una mujer nueva —explicó—; como ves, también he dejado el whisky. Es malo para la piel y además engorda. ¿Qué tenías que decirme?

—Tu amigo ha resultado ser el hijo de un personaje importante. Su padre regresó ayer del extranjero (es embajador, o algo así) y ya ha hablado con mi jefe por mediación del gobernador. Hará lo que pueda para salvar a su hijo.

—Es natural. Pero ¿qué puede hacer?

—Aún no lo sé. Sospecho que, de haber podido, hubiera declarado que estuvo con él cuando se cometieron los crímenes.

—¿Qué opina de los anónimos?

—Que son una chiquillada. No parece darse cuenta de la edad que tiene su hijo.

López hizo una pausa, observó cómo Nana tomaba su té entre muecas, y añadió:

—Hay algo más. Un compañero se puso nervioso la otra noche y abofeteó a Orgaz. Es un desgraciado que ya lo ha hecho otras veces.

—¿Quieres decir que lo torturó?

Nana se había puesto intensamente pálida.

—No seas melodramática. Sólo le dio un par de bofetadas. Pero entre el padre y el abogado han sacado un buen partido de ello, sin contar con los puntos oscuros en la detención. Total, que hemos tenido que pactar con ellos. No queríamos una demanda por malos tratos y otra por detención ilegal. De modo que lo soltamos.

La sorpresa hizo atragantarse a Nana. Tosió volviendo la cabeza a un lado, y el único cliente que se sentaba en aquella parte del café, y que había entrado tras ella, la observó fijamente.

—No puedo creerlo. ¿Desde cuándo se concede la libertad provisional a un acusado de asesinato?

—No se trata de eso; simplemente no se le ha llegado a acusar. Si lo hubiéramos retenido tendríamos pocas posibilidades de que lo condenasen; de este modo lo tenemos vigilado y seguimos trabajando para atraparlo. Ahora que sabemos en qué dirección buscar, acabaremos por conseguir pruebas contra él.

—Si no vuelve a matar antes.

—Espero que lo intente. Esa sería la mejor evidencia.

Prefirió ir caminando hasta la redacción, a pesar del frío y de la niebla. No tenía prisa. Al diablo el maldito reloj de la entrada y la maldita ficha. Se preguntaba qué haría José, hasta qué punto le importunarían ahora la policía y los propios periodistas. Conocía bien el modo de trabajar de algunos de sus compañeros y sabía que no dudarían en remover por todas partes en busca de trapos sucios.

Había mendigos en casi todas las calles del centro, muchos de ellos con algún niño. A veces se repartían y el niño ocupaba un puesto él solo. Presa fácil para el asesino, que sólo tendría que darle algo de dinero y prometerle más si le seguía. Se detuvo en un semáforo, y una figura que caminaba tras ella se inmovilizó a su vez apenas a diez pasos.

El hombre, con el cuello de la gabardina subido, fingió contemplar un escaparate, pero su mirada continuaba, de soslayo, fija en Nana. Igual que en el café, la contemplaba sin que ella lo advirtiese. La seguía sin un propósito concreto por el momento, sólo por la curiosidad y el placer de invertir los papeles. Acariciaba en el bolsillo de la gabardina su pañuelo de seda, sin prisa por usarlo. Prefería prolongar el juego por más que fuese arriesgado, pues era el propio riesgo lo que le excitaba: el peligro de que ella por fin reparase en él, y adivinara.

Pero Nana no llegó a tener la impresión de ser seguida, y ni siquiera hubiese reconocido al hombre que caminaba en la niebla como el mismo que había entrado tras ella en el café y había acechado su conversación con López, pues no se había fijado en él.

Cruzó por el paso de peatones y llegó a la calle en la que estaba el edificio de la revista. En ningún momento miró atrás. El hombre interrumpió en la esquina su persecución, como si conociera bien el lugar adonde iba Nana. Como si no quisiera ser visto, o reconocido, por alguien más observador que ella.

—Ya era hora de que se te viese el pelo. Y por cierto ¿qué te has hecho en él? —el redactor jefe gruñía por encima de su habitual montón de papeles y Nana adivinó que iba a obsequiarla con su sarcasmo habitual—. Parece que encontraste a tu Jack y lo han tenido que soltar por falta de pruebas.

—Algo así.

—¿Y qué vas a hacer ahora? ¿Te recuperamos para la revista o vas a abrir una agencia de detectives?

—Todavía dispongo de dos días. El director me concedió hasta el miércoles.

—Sí, me lo dijo. Ignacio es demasiado blando, sobre todo con las mujeres. Por eso me tiene a mí para hacer su trabajo sucio.

—En serio, quiero apurar el plazo. Hay cabos sueltos, cosas que no acabo de entender. Por ejemplo, me gustaría saber más detalles respecto a la llamada anónima que se recibió para mí.

—¿Aquella «desde el infierno»? Ya te dije todo lo que sabía. Beethoven es el único que puede darte más datos.

—Voy a hablar con él, hasta luego.

—Haz lo que quieras, estás en tu casa. Yo aquí no soy más que un empleado.

Salió sin hacer caso y fue al vestíbulo en busca del conserje, un viejo un poco chalado que presumía de ser el más veterano de la casa.

—Beethoven, ¿tú recuerdas aquella llamada anónima que te dejó un mensaje para mí hace unos días?

—El que dijo lo del infierno, claro que me acuerdo. Pero, ¿qué le ha pasado a tu pelo?

—¡Uf!, que me lo he cortado. Dime qué fue lo que te dijo exactamente aquel hombre. Palabra por palabra, si puede ser. Y cualquier otro dato que recuerdes: el tono, el timbre, el acento, lo que sea.

—Tenía voz de asesino.

—Esto es muy serio, Beethoven.

—No, si no bromeo. Quiero decir que disfrazaba la voz como hacen los asesinos en las películas para que no los reconozcan. Dijo: «Dígale a Nana Montero que llamo desde el infierno para anunciar que muy pronto mataré de nuevo.» «Pero, ¿quién es?», pregunté yo, y entonces él colgó.

—Eso no tiene sentido.

—Eso digo yo.

—Me refiero a que no tiene sentido que un desconocido finja la voz. A no ser...

—A no ser que no fuera un desconocido —dijo el viejo—, y ésa es la impresión que me dio. Como si fuera una voz familiar. No podría decir de quién, desde luego, ni es fácil de explicar, pero cuando se llevan cuarenta años atendiendo una centralita uno sabe que cada persona tiene su propio ritmo para hablar por teléfono, y eso no es fácil cambiarlo aunque se disfrace la voz.

—Pero por qué pensó que tú conocerías su voz, es lo que me pregunto. ¿Tú sabes algo de José Orgaz, un chico joven que trabaja en una biblioteca?

—Creo que es el que detuvieron, ¿no? Pero jamás he hablado con él.

—Pero, si no fue él, ¿quién?

—Uno de aquí.

Iranzo entraba en ese momento y atravesó el vestíbulo saludándolos al pasar. Nana le miró y luego miró de nuevo al conserje tratando de asimilar sus palabras.

—Quieres decir que pudo ser una broma...

El viejo se encogió de hombros.

—No creo que nadie sea capaz de gastar esas bromas. Sólo digo que podía ser uno que trabaja aquí, o alguien que suele llamar con más o menos frecuencia. Tendría que volver a oírlo, y después de todo puedo estar equivocado.

—Me pregunto si habría una forma de saber qué redactores estaban fuera en el momento en que se recibió la llamada.

—Claro que la hay —dijo el conserje señalando hacia el reloj de fichar— puesto que en teoría tenéis que hacer uso de ese chisme cada vez que salís.

—Sí, pero nadie lo hace. Bueno, avísame si recuerdas algo más.

—Lo haré. Y no vuelvas a cortarte el pelo; una mujer ha de tener el pelo largo. Buenas tardes, señor director.

Nana se volvió para saludar a su vez al director, que se acercó a ellos sonriente como siempre.

—Hola, veo que la vieja guardia y las nuevas generaciones se entienden bien. Beethoven, llama a Tráfico y entérate de lo que se debe hacer para conseguir una plaza de aparcamiento fija. Al fin y al cabo —añadió guiñándole un ojo a Nana— somos más o menos un servicio público, ¿no te parece?

—Ahora mismo llamo —dijo el conserje—, pero me temo que por la tarde no encontraré a nadie. ¿Su hermano ya está bien?

—Sí, gracias, en realidad fue un golpe sin importancia; lo malo fue que destrozó el coche y ahora, hasta que le entreguen el nuevo, no hace más que cogerme el mío. Nana, ¿ya te ibas? Me gustaría que pasases a mi despacho, tengo que hablar contigo.

Ella asintió. Le divertía la frivolidad del hombre, su aspecto de playboy no muy distinto de los que aparecían retratados en la propia revista.

—Te favorece el cambio de look —dijo él mientras le franqueaba la puerta del despacho—: se te ve más moderna.

Esperó a que ella se pusiese cómoda y abrió el mueble bar.

—¿Un dedito de whisky?

—Mejor algo sin alcohol.

Él le mostró un botellín de tónica, que Nana aprobó en silencio, y se instaló frente a ella, risueño.

—Bien, pequeña, pasado mañana termina el plazo que acordamos. Parece que encontraste al culpable pero a la policía no le convenció.

—Al contrario, ellos están convencidos de su culpabilidad. Soy yo la que duda.

—¿Por qué no me lo cuentas todo? Al fin y al cabo soy tu jefe y, si me permites una obviedad grosera, el que paga tu tiempo.

—Seguramente el dinero de los accionistas se ha empleado peor otras veces —respondió Nana procurando quitar hierro a sus palabras con una sonrisa.

—Pero para justificar mi sueldo tengo que servir de intermediario entre el dinero de los accionistas y vosotros: es casi mi principal cometido, además de aportar mi título y mi nombre para que figuren en el staff. Como habrás observado, quien realmente dirige la revista es el redactor jefe.

—Sí, es el primero que llega y el último en marcharse, y todo el tiempo parece agobiado. Me pregunto si duerme aquí o si es un ciudadano con vida privada.

—Bueno, dejemos eso ahora y cuéntame lo que has averiguado.

Hizo un relato detallado de la forma en que había llegado a entablar relación con José, explicó su amistad con el inspector López Cáceres y las circunstancias de la detención de José, y cómo habían optado por soltarlo confiando en que cometiera algún error.

—Le dan cuerda para que se ahorque, ya veo —opinó el director—. Conocí a su padre hace mucho tiempo: es un buen hombre; todo esto le habrá afectado mucho. Supongo que serás discreta cuando escribas tu reportaje.

—Ni siquiera sé si habrá reportaje.

—¿Cómo es eso? Entonces, ¿para qué has trabajado tanto?

—Buscaba una entelequia, quería conocer la verdad de esos crímenes porque me habían impresionado; incluso llegué a pensar que tal vez podría evitar que se cometieran más. Pero nada ha resultado como esperaba, creo que no he hecho más que complicar las cosas.

—Vamos, no seas injusta contigo misma. Lo has hecho muy bien y estamos orgullosos de ti. ¿Nadie te lo ha dicho? Pues en esta casa no se habla de otra cosa, todos dicen que llegarás muy arriba. Lo que ocurre es que no se atreven a decírtelo a ti, los tienes un poco asustados con tu forma de ser..., digamos..., brusca. Paco, el de cultura, me dijo el otro día que tú valías mucho.

Nana no respondió.

—Creo que está enamorado de ti. Todos lo están.

—Muchas gracias —dijo Nana un poco confundida y preguntándose si él mismo se incluía en el homenaje.

—Ven pasado mañana a mi casa, a la hora del café, ¿de acuerdo? Hablaremos de lo que te dije.

Nana se mordió los labios mirándole con un cierto escepticismo.

—¿Qué pasa? ¿Ya no te tienta el proyecto?

—No es eso. Si quieres que te diga la verdad, creo que es un pretexto tuyo para que vaya a tu casa.

—Siento decepcionarte —el hombre sonreía aún—, pero mi oferta es exclusivamente de trabajo. Si lo prefieres hablaremos aquí.

—Disculpa, he sido una estúpida. El miércoles a las cuatro en tu casa. Vives en el campo, según creo.

El anotó su dirección en una hoja del taco calendario y se la entregó.

—Es el primer desvío de la general a partir del kilómetro veinte, una casa vieja de piedra.

—De acuerdo. Seguramente no nos veremos hasta entonces.

—¿Vas a seguir haciendo de Sherlock Holmes?

—Voy a intentar ayudar a ese chico, es lo menos que puedo hacer.

—¿Y si él no desea tu ayuda? ¿O si es realmente el que cometió esos crímenes?

«Uno de estos malditos días voy a tener que meterme en obras de una vez», pensó contemplando los sacos de yeso y cemento, el rollo de moqueta y el montón de ladrillos que afeaban el piso. Tiró el chaquetón en cualquier parte, se puso unas zapatillas y fue a elegir un disco para escuchar mientras descongelaba la cena.

Desde la ventana observó el ático de enfrente, que tenía las luces apagadas. Por un momento le pareció ver una sombra que se movía tras las cortinas, en la habitación que ahora sabía que estaba decorada con fotos suyas. «No creo que haya vuelto a su casa», se dijo, y eso le hizo preguntarse cómo se comportaría si volvían a verse.

Dudó, frente a su discoteca, entre uno y otro Bach —sus discos estaban alineados por orden alfabético— y como no acababa de decidirse optó por Boccherini, el *Concierto para violonchelo y orquesta* en Si bemol mayor.

En la cocina, extendió los distintos platos que había preparado el sábado y que ahora no le apetecían. La vida estaba hecha de pequeñas elecciones, alternativas fútiles que a veces la dejaban perpleja.

Eligió finalmente una pizza y la metió en el horno. Aún no había tenido tiempo de encenderlo cuando sonó el teléfono.

—Soy José.

No parecía dispuesto a añadir nada más, como si quisiera darle a ella la oportunidad de aceptar o rechazar el diálogo.

—Me alegro de oírte —dijo Nana.

—Necesito hablar contigo, pero preferiría hacerlo en persona. Si no tienes inconveniente subiré a verte. Cinco minutos serán suficientes.

—Te espero.

Fue a mirarse al espejo y aguardó impacientemente hasta oír el timbre de la puerta.

Abrió y se encontró con José, grave y silencioso. Llevaba un abultado sobre y se lo tendió sin explicaciones. Nana adivinó que se trataba de las fotos. Antes de que pudiera invitarle a pasar, sonó de nuevo el teléfono.

—Habla la policía —dijo la voz—. Estamos cumpliendo un servicio de vigilancia y hemos visto que una persona acaba de subir hacia su casa. Llamo para saber si se encuentra usted bien.

—Perfectamente, gracias.

—Tal vez no sea conveniente que se quede a solas con...

—Repito que no hay problema. De todos modos, gracias por su interés.

Colgó y se volvió hacia José.

—Puedes imaginar quién era.

—Sí. No se despegan de mí. Supongo que esperan que vaya a rondar por la puerta de los colegios o algo parecido.

—En cierto modo es culpa mía. Yo te delaté.

José la tomó de ambas manos mirándola intensamente.

—He venido para pedirte perdón yo a ti. Los anónimos, las fotos... Me han dicho que eso constituye un delito y pueden procesarme por ello. Y lo que es más importante, yo he comprendido que debía de estar loco para hacer esas cosas. No puedo ofrecerte ninguna explicación, solamente espero que algún día puedas perdonarme. Lo hice porque estaba solo y te quería. En ese sobre están también los negativos; no debes temer nada más de mí. Nunca quise hacerte daño ni asustarte, era como... como un homenaje. Pensaba en ti y soñaba contigo pero no me atrevía a acercarme. Ahora...

Ella correspondió a la presión de sus manos animándole a proseguir.

—Ahora lo sabes todo y me desprecias. Pero no volveré a cruzarme en tu camino.

—No hables así. Lo que siento por ti no es desprecio.

No podía decirle que en parte continuaba siendo un misterio para ella y que siempre se siente algo de temor hacia lo que no comprendemos.

—Ven al salón —pidió—, quédate a cenar conmigo. Yo estaba a punto de hacerlo.

Él la retuvo impidiéndole ir hacia la cocina.

—Yo no lo hice, no maté a esos niños, ¿por qué había de hacerlo?

—¿Por qué había de hacerlo nadie? Pero sé que no fuiste tú.

El teléfono sonó en ese instante una vez más.

—Soy Anselmo Orgaz, el padre de José. Hace un rato, mi hijo me ha dicho que iba a entrevistarse con usted, ¿todavía está ahí?

—Sí, un instante.

—¿Mi padre? —dijo José—. Es verdad, había olvidado que vamos a cenar juntos. Vino desde muy lejos para echarme una mano y ahora, mientras esté en la ciudad, no me lo podré quitar de encima. Hagamos una cosa, ven a cenar con nosotros.

—No, no, qué disparate.

—Espera, se lo diré a él. Seguro que le parece buena idea.

Habló por teléfono durante un par de minutos para explicar sus planes y luego hizo señas a Nana de que volviera a ponerse al aparato.

—Escuche, señorita, mi hijo me pide que la convenza y lo intento con mucho gusto. Creo que sería muy agradable aprovechar esta oportunidad para conocernos. Y si he de ser totalmente sincero, usted le haría un gran favor a mi hijo: los periodistas no le pierden de vista y no estaría de más que le vieran en su compañía y deduzcan que usted ha dejado de creerle culpable.

—Siendo así, aceptaré.

Colgó después de concretar la cita. No disponía de mucho tiempo para vestirse adecuadamente.

—Sírvete un whisky, está en el frigorífico —sugirió camino de su dormitorio.

—¿Entonces te ha convencido?

—Desde luego. Sabe cómo presentar las cosas, se nota que es diplomático.

Anselmo Orgaz era un hombre apuesto pero mucho mayor de lo que Nana había imaginado.

—Oí a través del teléfono el disco que usted tenía puesto —dijo después de las presentaciones— y me alegro de que también le guste Boccherini. Ya cononoce la famosa frase: *Si Dios hubiera compuesto música...* etcétera.

Nana no conocía la cita pero asintió. Estaban en un restaurante pequeño y exclusivo en cuya carta predominaban las *mousses* y los platos abundantes en salsas.

—Es curioso —comentó el embajador atacando con alegría su *cordon bleu*— cómo han cambiado los gustos culinarios en este país en pocos años; los mismos que presumían de macrobióticos resultan ser ahora amantes de la cocina francesa.

Y luego, como si formara parte de la misma observación, dejó caer su velado reproche:

—José es un muchacho extremadamente raro, que no se relaciona, demasiado independiente para el gregarismo que practican ahora los jóvenes. Casi es disculpable que usted le creyese capaz de cometer esas atrocidades.

—Papá, por favor —interrumpió José—, hablas de mí como si fuera un niño. Y sobre todo estás a punto de ser descortés con nuestra invitada.

—Lo siento de veras, no me proponía... Ah, ahí veo a unos viejos amigos. Y ahora que lo pienso, también usted los conoce, Nana; ¿o no es aquél su jefe?

Nana miró hacia la entrada del comedor, en la que el *maître* recibía al director de la revista acompañado de otro hombre que guardaba con él un gran parecido físico.

—¿Los ha avisado usted? —preguntó al padre de José—. Dijo que sería bueno que se me viera en compañía de José, pero no creí...

—Oh, no, de ningún modo. Se trata de una casualidad. Conozco y aprecio a Ignacio y a Javier desde que eran niños, y nunca se me ocurriría...Bueno, parece que nos han visto.

En efecto, Ignacio miraba hacia ellos y no tardó en acercarse. El embajador saludó con afecto y luego hizo las presentaciones.

—Creo que no conoces a mi hijo, aunque tus colegas se han ocupado últimamente de él. Como ves, nos acompaña una colaboradora tuya. ¿No queréis sentaros?

—Gracias, tenemos una mesa reservada. Este es mi hermano Javier —dijo Ignacio—; creo que estaba deseando conocerte, Nana.

—Como todo el mundo —dijo Javier inclinándose hacia ella un tanto anticuadamente—. Estos días sólo se oye hablar de ti.

—«Lo importante es que hablen de uno, aunque sea bien» —dijo el embajador en auxilio de Nana, que parecía un tanto confundida.

Tras un par de minutos de charla banal, Ignacio y su hermano se despidieron. Nana y los dos hombres continuaron cenando.

—¿Es cierto que conoce a Ignacio desde hace mucho? —preguntó ella al embajador.

—Ya lo creo, casi podría decirse que le vi nacer. Yo era amigo de su padre, teníamos más o menos la misma edad. Creo que para postre tomaré naranjas a la turca. Se las recomiendo si todavía no las ha probado, hija mía.

Más tarde, aprovechando una ausencia de José, el hombre le habló en tono confidencial.

—No debería decírselo, pero está entusiasmado con usted. Es la primera vez, de hecho, que le veo entusiasmado con algo. Espero no ser impertinente si le confieso que eso me alegra. Una muchacha como usted, sensata y razonable, es lo que él necesita.

—Le aseguro, embajador —protestó Nana sonriente—, que la sensatez no es una de mis virtudes. Pero le agradezco su confianza. Y puede dejar de preocuparse por José: tengo la mejor opinión de él, y si no me equivoco todos la compartirán conmigo muy pronto.

—¿A qué se refiere? ¿Es que puede hacer algo por apartar de él las sospechas de la policía?

—Desgraciadamente, no. Pero, si tengo suerte, acabaré por encontrar al verdadero asesino y entonces...

—Tiene razón, no es usted sensata.

—¿A qué te refieres? —preguntó José, de vuelta.

—Nuestra amiga tiene la intención de seguir con sus peligrosas investigaciones.

Nana había permanecido demasiado tiempo escuchando las oportunas citas del embajador como para dejar pasar la oportunidad de resarcirse.

—«Cada cual tiene una afición que le arrastra» —replicó—. Pero usted no necesita que le recuerde a Virgilio, querido embajador.

López estaba esperando frente a su casa a pesar de lo avanzado de la hora. Se despidió de José y del embajador, insistiendo para que no bajasen del coche, y se enfrentó con el policía, que la miraba con sus ojos de hielo como si fuese culpable de algún delito.

—¿Has estado cenando con ése?

—Tus compañeros ya han debido informarte. Seguro que conoces hasta el menú que hemos tomado.

—No te entiendo. Supongo que te das cuenta de lo que haces.

—¿Y tú? Esto parece el número de un marido celoso.

—Tonterías. Soy un policía en acto de servicio.

—Pues acusa a ese ciudadano de algo concreto o deja de molestarle. De lo contrario empezaré a encontrarte ridículo.

—¿Ridículo? —López gesticulaba como si no diera crédito a sus oídos—. ¿A eso hemos llegado? ¿Ahora me llamas ridículo? Estar enamorado de una mujer no es ridículo a no ser que ella tenga el temperamento de un..., de un...

—¿Estás enamorado de mí, López? Eso nunca me lo habías dicho.

—Esas cosas no hace falta decirlas.

—Al contrario, se deben decir aunque no sean ciertas.

Estaban detenidos en la puerta de la casa y se miraban como viejos rivales, ceñudos y obstinados los dos. Nana sintió que el viento gélido la hacía estremecerse y buscó refugio en el portal.

—Anda, sube si quieres. ¿Has cenado, por lo menos?

—No —gruñó López—. ¿Quién piensa en eso ahora?

Nana empezó a subir la escalera y él fue tras ella.

—¿De veras crees que José es el hombre que buscas?

Sabía que él respondería a disgusto pero confiaba en la honestidad de su respuesta.

—No sé qué pensar. Mejor dicho, tengo mi propia opinión pero te prohíbo que se la repitas a él.

Habían llegado a la puerta del piso. Nana se volvió para mirarle, y por segunda vez en pocas horas se repitió a sí misma que la vida era una sucesión de momentos en los que es preciso elegir.

—No creo que él lo hiciera —dijo López.

Y elegir significa siempre renunciar a algo.

—Dímelo otra vez, López. Dime que me quieres.

Mientras desayunaba, se puso a recapitular por escrito los datos que conocía acerca de los dos crímenes y también lo que sabía del ataque fallido contra la niña del parque.

Una y otra vez volvía al mismo punto: si bien los anónimos escritos los había enviado José, el telefónico procedía del verdadero asesino, que era, también, alguien que la había leído a ella con atención. Sólo ella había publicado el dato de que los anónimos escritos parafraseaban a Jack el Destripador. Por lo tanto se trataba de uno de sus lectores o, lo que resultaba mucho más fantástico, uno de sus compañeros —según el testimonio del conserje—. Un asesino tan especial que se había molestado en documentarse también sobre Jack sólo para jugar a confundirla a ella. Y con eso se cerraba el círculo vicioso, pues estaba claro que, para documentarse, el asesino había necesitado conseguir algún libro sobre el Destripador.

Así pues, ¿tenía que volver a empezar de nuevo? ¿Otra vez el peregrinar por librerías y bibliotecas? Estaba demasiado desanimada para eso, pero había algo que sí deseaba repetir: la visita a la librería de lance. Algo le decía que debía volver de nuevo y con menos prisa que la primera vez. No era más que una intuición, pero, cuando se avanza a ciegas, una intuición vale tanto como un razonamiento.

De modo que a primera hora de la tarde, antes incluso de que el viejo abriera, ya estaba esperando ante la puerta.

—Hola —la saludó el librero al abrir—. Me imaginaba que volverías, pero has tardado mucho.

—¿De veras recuerda quién soy, abuelo?

—Ya te dije que no me llamases abuelo, periodista. Pasa y acércate a la estufa.

Siguió el consejo del anciano, que parecía contento de verla. No era probable que a esa hora llegasen otros clientes, pero de todos modos el hombre puso de nuevo el letrerito de «cerrado».

—Me enteré de que eres casi famosa. Tú fuiste quien hizo detener a un pobre hombre que resultó inocente, ¿no es verdad? Espero que me cuentes cómo fue, ya que los diarios se han vuelto de pronto muy discretos. Pero antes tengo noticias para ti. No estoy seguro de que sea importante; en todo caso pensé que si no volvías por aquí te quedarías sin saberlo.

—Es usted un cascarrabias —dijo Nana sonriendo— y sólo quiere darse importancia.

—Modera tu lenguaje, niña; después de todo sí podría ser tu abuelo. Lo que tengo que contarte es que hace unos días tuve un extraño cliente, un hombre con gabardina, las solapas subidas, que parecía tener un propósito concreto. Yo siempre adivino quién viene aquí a pasar el rato, y él no era de ésos. A propósito, Quevedo tiene unos versos sobre los gorrones de librería...

—Por favor —suplicó Nana impaciente.

—Está bien, ya veo que a los jóvenes no os interesan los clásicos. Como iba diciendo, ése era todo lo contrario de un mirón: quería algo concreto y sin embargo fingió encontrarlo por casualidad, cuando ya había inspeccionado casi todos los estantes. En resumen, me compró todos aquellos libros que a ti te habían interesado. Los que hablaban del Destripador, ya sabes.

—Por Dios que he sido idiota —murmuró Nana—. Debería haber adivinado que él pensaría lo mismo que yo: que ésta era la librería más adecuada.

—¿Él? ¿Es que le conoces?

—No tengo la menor duda de que es el asesino.

—Estás bromeando, ¿verdad?

—En esos libros encontró los anónimos de Jack y decidió seguir la misma táctica. Seguramente vino el mismo día que apareció mi reportaje o al día siguiente, es decir, el viernes o sábado de hace dos semanas —el librero asintió en silencio—, y fue el propio sábado cuando habló con Beethoven y el domingo cuando mató al segundo niño...

—Lo que no entiendo es qué tiene que ver Beethoven con esto.

—Pero ahora tengo algo concreto —dijo Nana sin hacer caso de la observación del viejo— y es que usted le ha visto, y supongo que podría reconocerlo, puesto que ha demostrado tener buena memoria.

—Desde luego que sí, la memoria es sólo cuestión de entrenamiento y yo la he usado toda mi vida. En cambio ahora, con esos ordenadores de porquería...

—Abuelo, por favor.

—Está bien, saca tu libreta de periodista y apunta. Te daré una descripción detallada.

—Le juro —dijo Nana— que cuando esto acabe volveré por aquí y le compraré las obras completas de alguien.

José no estaba en su casa. Temió que hubiera abandonado la ciudad, pero luego llegó a la conclusión de que probablemente la policía le impediría hacerlo. Había decidido posponer cualquier decisión hasta que pudiese hablar con él y pasó el resto de la tarde intentando matar el tiempo. Le gustaba callejear: para quien ha crecido en un pueblo pequeño, la ciudad siempre tiene el encanto del anonimato. Observó a los niños que salían de los colegios, la mayoría en autobuses que los conducían hasta las proximidades de su casa, donde había algún adulto esperándolos. Los padres se habían vuelto desconfiados y extremaban las precauciones.

No podía dejar de pensar en lo que le había contado el librero, especialmente en aquella descripción que no había necesitado anotar porque coincidía perfectamente con alguien que conocía bien.

A pesar de que caminaba distraída, una vez al menos tuvo la impresión de que alguien andaba tras ella sin perderla de vista. Pero cuando se volvió le resultó imposible discernir en la multitud quién era su perseguidor. Se dijo que probablemente se trataba de algún policía enviado por López para protegerla. Era muy propio de López hacer una cosa así sin consultarla. Intentó no pensar más en ello.

Se cruzó con ellos por casualidad. Un grupo de niños ni más ni menos alborotadores que cualquiera que tenga ocho o diez años y haya dejado las aulas por una mañana sabiendo que la libertad será efímera. Era miércoles y no se celebraba ninguna fiesta especial, por lo que el hombre supuso que el pretexto para sacar a los niños había sido una de esas visitas culturales que forman parte de la pedagogía moderna y de las aficiones de los jóvenes maestros.

Supo que había acertado cuando los vio entrar en el edificio de un importante diario, el decano de la ciudad. Seguramente les mostrarían los talleres, las viejas linotipias y las modernas rotativas de offset, les explicarían cómo se compone un texto, les explicarían el funcionamiento de los teletipos y hasta puede que le permitiesen a alguno probar a componer una frase.

El hombre sonrió pensando que él mismo podría

hacer de guía perfectamente para una visita como aquella. Se imaginó a sí mismo dando explicaciones a los niños, respondiendo a sus estúpidas preguntas, castigándolos. Los maestros eran seres privilegiados, pues podían castigar a un niño y aun ensañarse con él sin que nadie interviniera.

Decidió esperar. Después de todo, no tenía nada mejor que hacer. La visita no duraría más de una hora y después, quién sabe, acaso se disgregasen para ir cada uno a su casa. Aún había portales en la ciudad que permanecían abiertos a cualquiera, sin un portero, nadie que interpelase a los extraños. Imaginó también aquella escena: el niño subiendo la escalera o entrando en el ascensor sin desconfiar, su propia mano amordazando la boca infantil, el pañuelo de seda ciñendo la tierna garganta. Lo buscó en su bolsillo y al suave contacto sus ojos grises se tornaron más oscuros. Sentía ya el escalofrío anticipado de las veces anteriores. Sonrió para sí mismo sin importarle que algún transeúnte se le quedase mirando.

Entró en un bar desde el que se divisaba la puerta del diario y pidió una copa a pesar de que aún no era mediodía. El barman le sirvió y se alejó al otro extremo del mostrador para proseguir su charla con un cliente. Hablaban de los dos niños asesinados, y cada uno tenía su propia teoría sobre la personalidad del asesino. Según el cliente, se trataba de un degenerado, palabra a la que atribuía algún significado sexual; para el del bar, era simplemente un loco. El hombre los escuchó con indiferencia; no valía la pena tomarlos en serio, no eran sino pobres diablos de los que se mueven por reglas fijas viviendo una vida vulgar y adaptando sus opiniones a la norma. Ninguno de ellos sería capaz de un solo pensamiento original, de una verdadera transgresión que fuese más allá de un pequeño fraude o una infracción de tráfico; la sociedad los había domesticado y adocenado para que la sirvieran sin hacerse preguntas, eran honorables padres de familia que se dejaban explotar sistemáticamente por aquellos de quienes dependían y por los que dependían de ellos. Se desentendió de su charla y tomó su bebida saboreándola con gusto.

Era por fin un día de sol, como aquel en que había ido al parque y había estado a punto de... Pero apartó de sí el recuerdo de la niña y del estúpido chico de gafitas. El hombre que hablaba de él a pocos pasos de distancia se equivocaba: no sentía ningún placer cuando apretaba el cuello de un niño. Era, en gran medida, como si las manos fuesen de otro, como si por momentos él fuese dos personas distintas. Sabía que la ciencia tenía una explicación, y hasta puede que él mismo hubiera estado de acuerdo en otra época con los marbetes simplificadores de los manuales: paranoia, esquizofrenia, neurosis... Había necesitado mucho tiempo para comprender que esos epígrafes no significaban nada, que eran instrumentos del poder para prevenirse de quienes, como él, eran excepciones que escapaban a la norma. Prevenirse y castigar. Pero él no había aceptado el juego y a su vez castigaba. A quienes eran más culpables, a los niños. No sólo porque fueran una rémora para la libertad de los adultos, sino sobre todo porque tenía una razón personal, poderosa, para desear la venganza.

Con la mirada siempre fija en la puerta del diario, atento a pesar de todo a la salida del grupo de colegiales, evocó, con la misma intensidad que si estuviese viviéndolo de nuevo, aquel maldito día. El tenía entonces unos siete años, era probablemente el más pequeño del grupo; los demás le llevaban a regañadientes, aceptándole sólo a medias porque no se atrevía a secundarlos en sus travesuras. A decir verdad, los temía un poco pero no sabía cómo prescindir de ellos; tenían ocho, diez, once años, maltrataban a los animales que conseguían capturar y destrozaban todo a su paso, eran hipócritas y crueles, eran niños como los demás. Llegó a experimentar verdadero odio —se puede odiar a los siete años— hacia ellos, pero a pesar de todo le atraían como nos atrae lo que nos es ajeno u opuesto, lo que no nos conviene, lo prohibido. Un día fueron más lejos que de costumbre, aunque irónicamente esa vez se trató de un accidente, pues ninguno de ellos había pensado que la lata de petróleo provocase una hoguera tan grande. En esa época —hacía treinta años de aquello— no era infrecuente que en las casas se guardase alguna reserva de petróleo para alimentar las estufas. Uno de los chicos sustrajo la lata de su casa, otros aportaron libros viejos, trapos y pedazos de madera. El lugar elegido para la hoguera fue el patio de la casa en que él vivía, puesto que los demás habitaban en pisos y él era el único que podía disponer para jugar de un terreno inculto en el que todo le estaba permitido. La hoguera había ardido violentamente, sorprendiéndolos con la altura de sus llamas. Soplaba un fuerte viento, era la hora de la siesta y sus padres dormían profundamente en la casa. Cuando comenzaron a gritar para advertirles era demasiado tarde. Nunca olvidaría la impresión que le habían causado aquellas llamas, los gritos que salían de la casa. Jamás volvió a ver a ninguno de sus compañeros de juegos. Durante treinta años, aquel recuerdo había permanecido latente y su venganza se había postergado en espera de una señal hasta ese día, poco antes de navidad, en que la señal se había manifestado por fin.

Estaban saliendo. Pagó su consumición y salió él también a la calle. Caminó tras ellos, eran quince o veinte y los pastoreaba un profesor que no ponía mucho empeño en vigilarlos.

Cruzó con ellos, confundido entre ellos, un paso de cebra. Le divertía pensar en las recomendaciones que los padres de cada uno habrían hecho: no hables con desconocidos, no subas al coche de nadie, si te ofrecen algo no lo cojas.

Sería inútil. Cualquier precaución que tomasen los adultos tropezaría siempre con la curiosidad infantil, con la avaricia o la inconsciencia. Los dejó adelantarse de nuevo y siguió tras ellos sabiendo ya que no los esperaba ningún autobús y que probablemente los conducían a alguna otra visita cultural.

Pocos minutos más tarde los vio entrar en un museo y entró a su vez. La mañana de un miércoles de enero no es un momento propicio para que un museo reciba muchos visitantes, de modo que no le extrañó encontrar vacías la mayor parte de las salas. Los chicos las recorrían a buen paso, pues era un museo grande, de varios pisos, y probablemente querían verlo todo.

Oía sus voces, admirándose o fingiendo hacerlo ante algún cuadro famoso. Las explicaciones del profesor llegaban a veces también hasta sus oídos. De vez en cuando, atisbaba al grupo aguardando la ocasión de que alguno de los chicos se separase de los demás. Hacía casi frío en las desiertas salas, pues como en todos los museos procuraban que la calefacción no pasase de una temperatura prudencial. Olía a cerrado, a polvo. Unos japoneses se cruzaron con él y le sonrieron como hacen siempre los japoneses; sin sus cámaras fotográficas, que habían dejado en la puerta, parecían desvalidos.

Y de pronto la ocasión se presentó ante él, inesperada y magnífica en la persona de un niño de unos nueve años. Tenía el pelo y los ojos de color negro y a juzgar por el color de sus mejillas vivía en el campo. Comprendió entonces que probablemente el grupo procedía de algún pueblo cercano y por eso aprovechaban el tiempo de su visita a la ciudad. El chico, eso era evidente por su gesto de apuro, buscaba los lavabos.

—Están allí —dijo el hombre sin que el niño le hubiera preguntado.

Agradeció el pequeño la indicación y fue en la dirección que se le indicaba. El hombre había observado que los lavabos se encontraban en una escalera interior, muy alejados de las salas principales y de la vigilancia de los escasos guardas.

Siguió al niño sin apresurarse. Entró en los lavabos. No era probable que llegase nadie más, pero como medida de precaución apoyó la espalda en la puerta, bloqueándola. El chico estaba de espaldas a él, orinando. Se volvió un instante para mirar quién entraba y no pareció sorprenderse de que el hombre se quedase en la puerta. Era un muchacho confiado. Terminó, hizo los movimientos de ritual y se volvió de nuevo mientras terminaba de subirse la cremallera.

Sólo entonces pareció un poco extrañado de que el hombre continuase obstaculizando el paso. Le miró todavía sin recelo y murmuró unas palabras en voz baja.

—Por favor, ¿me deja pasar?

Las manos del hombre cayeron sobre él como pinzas metálicas. El niño se revolvió mirándole con ojos agrandados por el asombro. Retrocedió hasta que su espalda chocó con la puerta de uno de los retretes. Tenía los puños cerrados pero no se defendía, no gritaba ni lloraba, como si la sorpresa o el terror lo hubieran paralizado. El hombre sacó su pañuelo de seda y tiró de los extremos tensándolo. Sería un buen dogal. Sólo entonces reaccionó por fin el muchacho, golpeando con sus puños a ciegas.

El hombre apenas sentía los golpes, pero no podía correr el peligro de que alguien escuchase ruidos de pelea. Levantó su puño cerrado.

El chico gimió cubriéndose la cara para prevenirse del golpe. El puño del hombre se abatió sobre su cráneo.

Nana marcó el número de López. Habló con él brevemente, sin dejar de consultar su reloj, y colgó sin responder a sus preguntas.

Se calzó un ceñido pantalón y unas botas camperas, un jersey grueso y su sempiterno chaquetón de piel. Era un día soleado pero refrescaría mucho al atardecer. Por segunda vez marcó un número telefónico, en esta ocasión para pedir un taxi. Aguardó cinco minutos antes de bajar las escaleras y salir a la calle.

El taxi ya estaba esperando. Unos metros más allá, un coche sin signos distintivos esperaba también. Sólo entonces advirtió que había olvidado en su casa la nota con la dirección a la que debía dirigirse. Hizo un esfuerzo para recordarla, porque le molestaba tener que subir de nuevo las interminables escaleras de su casa.

Indicó al taxista cuál era la carretera a la que debían dirigirse.

—Tomaremos el primer desvío después del kilómetro veinte —añadió, satisfecha de su memoria, lo que le hizo pensar en el viejo librero.

Arrancaron y el otro coche salió tras ellos.

Nana abrió su bolso y comprobó el estado de las pilas de su magnetófono portátil. Era un aparato pequeño pero de gran potencia.

—¿Tiene un cigarrillo? —preguntó al taxista.

Sus manos temblaban cuando lo encendió. Inspiró profundamente y trató de relajarse. El otro coche los seguía de cerca.

El hombre salió de los servicios sigilosamente aunque deprisa. No estaba seguro de que no los hubiese oído alguien. Llevaba la mano derecha envuelta en el pañuelo de seda, tenía los nudillos despellejados y un poco de sangre en ellos.

El guarda estaba frente a él mirándole suspicazmente. Estaba parado en la escalera, tres o cuatro peldaños por debajo de él, como si llevase allí algún tiempo escuchando.

—¿Se encuentra bien? —preguntó.

Miraba fijamente la mano vendada del hombre. Todos los expertos en seguridad saben que lo primero que deben observar de un sospechoso son sus manos.

—Sí —respondió simplemente el hombre.

—Me pareció oír... —el guarda subió los peldaños que le faltaban para llegar al descansillo y apoyó su mano en la puerta de los lavabos.

Estaban en el segundo piso. El camino más corto para ganar la salida eran aquellas mismas escaleras. El hombre fue a descenderlas.

—Espere —dijo el guarda.

No había amenaza en su voz. No estaba armado. Era un simple funcionario subalterno inseguro sobre sus propias atribuciones. Sin hacerle caso, el hombre comenzó a bajar.

El guarda abrió la puerta.
—Dios mío —susurró—. Dios mío.

Les llevó casi treinta minutos salir de la ciudad. Un accidente, un atentado terrorista o cualquier otra causa, había provocado la paralización del tránsito. Pero Nana había salido con tiempo más que suficiente, por causa de su propia impaciencia, y pensó que a pesar de todo sería puntual.

Se volvía de vez en cuando para comprobar que el otro coche continuaba tras ellos. En la confusión del embotellamiento, tuvo miedo de que los perdiera y dio instrucciones al taxista.

—Hay un coche que nos sigue —empezó, sin saber cómo hacer su petición.

—No me diga —el taxista buscaba en el retrovisor—. Como en las películas.

—Quiero que no nos pierda. Póngaselo fácil.

El taxista se rascó el cogote.

—Me temo que no la entiendo. Usted quiere decir que me libre de él. En el cine...

—Déjese de películas y haga lo que le digo. Es un amigo quien viene detrás, y además es policía. Yo se lo he pedido.

—¿Usted le ha pedido que nos siga? ¿Y por qué no va directamente en el coche de él?

—Usted conduzca y no me fastidie. Y déme otro cigarrillo, por favor.

—Tenga —dijo el taxista—, quédese con la cajetilla. Sólo quedan dos o tres y usted parece necesitarlos más.

Salieron a la carretera. López se emparejó con ellos en el cruce con el cinturón de ronda y Nana le sonrió. Él la miraba ceñudo como siempre y bajó el cristal de su ventanilla para pronunciar unas palabras.

—No me gusta nada esto.

—Ni a mí —dijo el taxista arrancando.

Aceleró dejando atrás a López. A partir de aquel momento, el policía se cuidó de mantener una discreta distancia.

El hombre se detuvo y volvió sobre sus pasos subiendo de nuevo. Ahora el guarda intentaría dar la alarma. Tenía que impedirlo.

—¿Qué le ha hecho usted a ese chico? —dijo el guarda.

El hombre no respondió. Su primer golpe envió al guarda contra la barandilla de la escalera. No era corpulento ni demasiado joven el celador, de modo que no tenía por qué resultar un enemigo temible. El hombre le golpeó de nuevo, esta vez con ambos puños, buscando uno de los parietales, como había hecho con el chico.

El guarda desvió la cabeza en el último instante y los puños chocaron en un lado de su cuello. Cayó de rodillas con un quejido de dolor.

Pero el hombre no podía dejarlo así, exponiéndose a que gritara o hiciese sonar las alarmas. Levantó los brazos para descargar un nuevo golpe. El guarda le embistió entonces golpeándole con la cabeza en el bajo vientre. Se dobló conteniendo el dolor y buscó el cuello del empleado. Durante unos momentos forcejearon los dos. El guarda no podía gritar a causa de aquellas manos que atenazaban su garganta ni estaba en condiciones de dar la alarma; el hombre le golpeaba sin piedad valiéndose de sus piernas y pies. Tenía la ventaja de una fuerza superior.

El guarda dejó de debatirse poco a poco. El hombre no sabía si ya había logrado matarlo. Su instinto suplía en ese instante a su inteligencia, y le decía que debía asegurarse pero al mismo tiempo que tenía que abandonar el museo cuanto antes. Se puso en pie tambaléandose. Por un momento, todo giró en torno suyo. El guarda continuaba inmóvil. Comenzó a bajar las escaleras.

Llegó al primer piso sin que sonase ningún timbre. Respiraba agitadamente. En algún momento había perdido su pañuelo de seda, pero no podía arriesgarse a subir de nuevo para rescatarlo. Además, era un pañuelo corriente, lo había comprado en unos grandes almacenes donde vendían muchos iguales. Su memoria se detuvo una fracción de segundo en aquel día en que todo había comenzado. La compra del pañuelo, el impulso de visitar la planta dedicada a la venta de juguetes, el niño que cometía el pequeño hurto.

Alcanzó la planta baja. Unos visitantes, los mismos japoneses con los que ya se había cruzado, le miraron asombrados. Comprendió que su aspecto debía ser sospechoso y trató de arreglarse el cabello y las ropas antes de llegar a la puerta de salida.

Metió las manos en los bolsillos. Los nudillos le ardían, sangraban. Tenía la impresión de haberse dislocado algún hueso o de haber provocado la rotura de un tendón. Ahora tenía algo que añadir a lo que había aprendido en tantos libros sobre el crimen: no se debe golpear a la víctima con los puños cerrados. Llegó a la puerta y se esforzó por sonreír al empleado que la custodiaba.

El guarda le miró distraídamente y correspondió a su sonrisa con un gesto.

Salió a la calle. Continuaba haciendo sol, se oía

en alguna parte el alboroto propio de un embotellamiento. Caminó sin apresurarse demasiado. Sentía unas histéricas ganas de reír.

Le hubiera gustado telefonear a aquella estúpida entrometida, igual que había hecho la vez anterior, antes de encontrarse con el pequeño Miguel. Incluso podía decir algo que hiciese aumentar las sospechas sobre el pobre diablo que había escrito los anónimos.

Pero renunció a hacerlo porque no era prudente que alguien se fijase en él ahora. Apresuró el paso hasta llegar al lugar donde había aparcado aquella mañana. Reconoció el coche de lejos: era grande y tenía un adhesivo con la palabra «prensa».

Lo puso en marcha y se alejó hacia la salida de la ciudad.

Ya en la carretera, aceleró al máximo. Al llegar al desvío, condujo por el camino pedregoso sin preocuparse de los desperfectos que pudiera sufrir el coche. Acababa de aparcar frente a la casa cuando vio el taxi que se detenía en el desvío.

Entró en la casa rápidamente, antes de que alcanzasen a verle.

Nana no miraba hacia la casa sino al coche de López, que se había detenido doscientos metros más atrás. Esperó a que López lo apartase de la carretera y a verlo salir e internarse entre los campos, buscando algún sendero en dirección a la casa, que era la única en aquellos contornos.

Luego pidió al taxista que se adentrase por el camino de piedras, pero no hubo forma de que accediese a hacerlo. Le pagó añadiendo a pesar de todo una propina por los cigarrillos, y comenzó a caminar.

A lo lejos ladraron unos perros. Le pareció que alguien la observaba desde una de las ventanas.

Pensó que ya era demasiado tarde para volver atrás, y aquella idea le provocó un escalofrío.

3

La casa era antigua, sólida, una vieja casa campesina reformada.

Los perros ladraron con más violencia conforme se acercaba, pero al no verlos salir a su encuentro dedujo que estarían encadenados.

El frío se notaba allí más que en la ciudad. Vio algunas plantas quemadas de resultas de las últimas heladas, y se preguntó qué cantidad de terrenos pertenecería a Ignacio, toda vez que no se veían otras casas en las cercanías. Esperaba que López consiguiera esconderse suficientemente cerca como para oírla si se veía en la necesidad de gritar. Si no la oía él, nadie lo haría.

Frente a la puerta principal, apoyó la mano en el capó del coche de Ignacio, que estaba todavía caliente. Igual que dos días antes, cuando la había citado, se preguntó por qué Ignacio la hacía ir hasta allí si pasaba la mayor parte del tiempo en la ciudad.

Pero ahora, a diferencia de lo que había pensado entonces, se dijo que ojalá los propósitos de su jefe fuesen sólo románticos.

Salió a recibirla en persona, abriendo la puerta antes de que ella tuviera tiempo de llamar. Llevaba un cárdigan, un elegante foulard y pantalones de pana de la mejor marca. Nana se dijo que era, haciendo los honores de su casa, como uno de esos terratenientes o ganaderos famosos admirados por todo el mundo excepto por sus peones. Bajo el tibio sol de enero parecía aún más bronceado, y su sonrisa era ancha y blanca cuando besó a Nana en ambas mejillas.

—Qué puntualidad. Confieso que no lo esperaba, pequeña. En la redacción acostumbras a ser la última en llegar.

Una forma de recordar desde el principio cuál era el lugar de cada uno. En correspondencia, Nana procuró que su saludo no pasara de ser meramente cortés. En el interior de su bolso, el magnetófono grababa ya.

—Más tarde te enseñaré la casa, si quieres —dijo Ignacio conduciéndola a un gran salón amueblado con grandes dosis de gusto y dinero—. Acércate a la chimenea y dime qué quieres tomar.

Ella se acomodó en un sillón de orejas que se hundía demasiado para su gusto. Procuró sentarse en el borde y mantener la espalda erguida: lo que tenía que decir exigía una actitud firme.

—Un whisky estará bien.

—Aquí tienes, y bienvenida de nuevo al club. Creí que lo habías abandonado definitivamente.

—Nada es definitivo. ¿Sabes? La primera vez que me invitaste en tu despacho me pregunté cómo podías saber que yo tomaba precisamente whisky.

—Pues no recuerdo, ¿tiene alguna importancia?

—Demuestra que venías observándome.

Ignacio se instaló frente a ella en un sillón gemelo y la observó risueño como de costumbre. Era uno de esos hombres que conocen bien el ritual de la seducción y cuyo lenguaje corporal resulta más significativo que sus palabras.

—Es posible —dijo—. Un buen jefe debe conocer a sus empleados.

—A propósito de eso, da la impresión de que tú no necesitas trabajar. Salta a la vista que podrías vivir perfectamente sin pisar un despacho —respondió Nana haciendo un ademán hacia el ventanal y refiriéndose a la vasta propiedad.

La sonrisa de Ignacio se acentuó.

—Un patrimonio como el mío es exclusivamente una fuente de gastos.

—¿De veras? Es curioso, acabo de darme cuenta de que no conozco nada de tu vida, no sé qué clase de hombre eres cuando no estás en tu despacho, cuál es la razón de que no te hayas casado... La nuestra es una profesión de falsas familiaridades, como la de los actores; se tutea a todo el mundo incluidos a los jefes, pero eso no significa nada. En el fondo, hay envidias y rencillas y apenas sabemos nada unos de otros.

La sonrisa de Ignacio se convirtió en franca carcajada.

—Bravo, para ser improvisado te ha quedado muy bien. Casi como si lo hubieras preparado de antemano.

Nana acusó el golpe mordiéndose los labios. Era cierto que había venido planeando en el taxi aquellas frases como medio de aproximarse indirectamente a su objetivo. Pero estaba claro que no tenía dotes para la sutileza. A veces odiaba tener veinte años.

—Supongo que el interrogatorio será *off the record* —dijo Ignacio en tono de broma—. ¿O te propones escribir un artículo sobre el tema «Conozcan a nuestro director»?

—Ya sabes que el único tema que me interesa ahora es el del asesino de los niños.

—A veces me he preguntado qué harías si llegases a descubrirlo.

Ignacio la miraba fijamente.

—Yo también, sobre todo porque me equivoqué la primera vez. Creo que le daría una oportunidad. Por ejemplo, le concedería tiempo para que huyese a cualquier país lejano y después revelaría su identidad para hacerle imposible el regreso.

—No es un castigo muy severo. ¿Y puedo preguntar por qué no le entregarías a la policía?

—Primero porque eso no serviría para devolver la vida a los niños; segundo, porque tal vez no es la policía quien debe ocuparse de ese hombre. Y tercero, porque a cambio de no entregarle, él podría serme de ayuda.

—No entiendo.

—Le pediría que me firmase una confesión para exonerar a cierta persona.

—Claro, me había olvidado de tu amigo el bibliotecario. Es sobre todo para ayudarle a él por lo que aún continúas con ese asunto, ¿no es cierto?

Nana no respondió. Tenía la vista fija en el fuego de la chimenea y esperó las palabras de Ignacio con el corazón agitado.

—Estoy seguro de que no titubearías para arriesgarte por alguien a quien apenas conoces. Sólo me pregunto hasta dónde serías capaz de llegar.

—Iría a casa del que mató a los niños y le propondría el pacto: inmunidad a cambio de una confesión escrita.

—¿Irías tú sola, sin tomar precauciones? Qué gran imprudencia. Él no haría ningún pacto contigo —Ignacio ya no sonreía, sus ojos claros la taladraban buscando el efecto de sus palabras—. Le bastaría con eliminarte.

Nana se puso intensamente pálida.

—No lo haría. No se arriesgaría sin saber qué medidas había tomado yo antes de ir a verle. Olvidas que también tengo un amigo policía.

—Oh, sí, Nana, la de los muchos amigos. Si quieres que te diga lo que pienso, en conjunto lo encuentro demasiado literario. Desde el principio te tomaste el asunto como un juego, primero usurpando el papel de la policía y ahora incluso el del juez. Tú investigas, descubres, juzgas y perdonas. ¿O no perdonas? Pero la realidad se obstina en contradecirte: metiste la pata provocando la detención de un inocente y pretendes arreglarlo enviando al destierro a un asesino. Si de veras fueses a casa de ese culpable que al parecer ya adivinas o presientes, y le dijeses todo cuanto acabas de decirme a mí, se reiría de tus acusaciones.

—¿Y si yo tuviera pruebas? ¿Si hubiese encontrado un testigo?

—No existe ningún testigo.

—Te equivocas, hay un viejo que está orgulloso de su memoria y tiene motivos. Me hizo una descripción muy buena del asesino de David y Miguel. ¿Te interesa?

—Por supuesto. Oigámosla —la voz de Ignacio sonó extrañamente oscura.

—Un hombre entre los treinta y cinco y los cuarenta años, atractivo...

El extemporáneo calificativo produjo en la propia Nana una sensación de ridículo al pronunciarlo.

—Sigue.

—Cerca de uno ochenta de estatura, es decir, como tú. Aspecto de rico, ya sabes, ropa cara, una cierta autoridad...

—Hay millares de hombres así en esta ciudad.

—No he terminado. Mi testigo observó al hombre hasta que lo vio montar en un coche grande cuya matrícula no pudo anotar, pero sí recuerda la marca y el color. Coinciden con el tuyo, por cierto.

—¿Es todo?

—No es todo. El coche tenía un adhesivo con la palabra «prensa».

Se había alejado demasiado del coche como para escuchar con claridad la llamada de la radio. Le pareció oírla antes de internarse entre los árboles, pero decidió que, fuera cual fuese el mensaje, podía esperar. Por el momento lo más urgente era procurar que a Nana no le ocurriese nada.

Como la mayoría de las casas antiguas, aquélla tenía ventanas abiertas a dos puntos cardinales únicamente, de modo que si se acercaba con cuidado por uno de los flancos no era probable que le viesen. Aun así procuró avanzar refugiándose tras los troncos de los viejos frutales. Oyó a los perros. Le habían olfateado y temía que ladrasen hasta alertar a alguien de la casa. Sería preferible dar un rodeo para que el viento no llevase su olor hasta ellos. Parecían excitados, y deseó que estuvieran bien sujetos.

El sol ya no calentaba. En el horizonte, el disco rojo era como un cendal desgarrado por las nubes. El frío le hizo estremecer. Maldijo en voz baja la ocurrencia de Nana y su propia flaqueza por volver a secundarla. «Estoy casi convencida de haber encontrado al culpable, pero será difícil probarlo; es un hombre conocido del que nadie sospecharía; mi única esperanza es hacerle hablar, que confiese por sí mismo», había dicho. Y allí estaba él, aunque a disgusto, buscando una ventana abierta en la planta baja o cualquier otro acceso desde donde pudiera sorprender la conversación entre ella y aquel hombre.

Sólo unos pocos metros le separaban ya de la casa. Los perros habían dejado de ladrar, lo que a pesar de sus precauciones parecía un tanto extraño. Era como si alguien hubiese ido a verlos y los hubiera obligado a callar. Pero en ese caso, ¿no era posible que advirtiesen su presencia?

Alcanzó una de las paredes sin poder librarse de la sensación de que alguien le vigilaba. Había un par de pequeñas construcciones anexas a uno de los lados de la casa, quizás antiguos graneros o establos. Empujó la primera puerta buscando un refugio momentáneo; no estaba cerrada; todo permanecía oscuro en el interior.

Buscó a tientas un interruptor a un lado de la puerta. Dio con él y lo giró encendiendo la luz. Era una especie de taller o almacén de herramientas y trastos. Había tres perros encadenados al fondo. Bien enseñados, seguían las instrucciones de alguien y se contentaban con gruñirle sordamente sin ladrar. Fue entonces cuando la sensación de peligro se hizo más acuciante.

Ni siquiera tuvo tiempo de desenfundar su pistola.

Durante un minuto, él continuó mirándola sin expresión, como el jugador que considera la baza de su oponente antes de mostrar sus cartas.

—Eres impulsiva, pero no creo que hayas venido aquí sin tomar precauciones, ¿verdad? Tú no eres tan descuidada como ese asesino del que hablas y que anda por ahí con un coche que lleva un distintivo.

Si de veras sospechas de mí, ¿cómo puedes creerme tan descuidado?

Nana no respondió. Aferraba su bolso con fuerza. Su mirada, involuntariamente, se dirigió al ventanal más próximo. Vio los campos, los descuidados frutales, pero ningún indicio de la proximidad de López.

—Sí, tienes una carta oculta —prosiguió Ignacio—, de lo contrario no estarías ahí sentada tranquilamente exponiéndote a...

De pronto, le arrebató el bolso. Su gesto fue tan imprevisto que Nana no tuvo manera de impedirlo. Ignacio lo abrió y sacó el magnetófono cuya cinta giraba silenciosamente.

—Idiota —murmuró arrojando el aparato al fuego de la chimenea.

Nana sintió que el pánico lamía su espina dorsal.

—Desde hace veinticuatro horas —dijo— no he hecho otra cosa que preguntarme cómo era posible que tú hubieras sido capaz de cometer esos crímenes. A pesar de todas las evidencias, me resistía a creerlo. Aun ahora me gustaría que pudieras demostrarme que estoy equivocada. Es cierto que he tomado precauciones antes de venir aquí: mi amigo el inspector está al otro lado de esa ventana. Pero todavía tienes una oportunidad; no le llamaré si firmas ahora mismo esa confesión.

El plástico del magnetófono se retorcía en el fuego despidiendo un espeso humo negro y un fuerte olor. Ignacio, de pie ante ella, mantenía aún la calma. Al escuchar la referencia de Nana al inspector López tomó de la chimenea como por casualidad el largo espetón y removió con él los restos de la grabadora.

—Créeme —insistió Nana—, no deseo que ni tú ni nadie vaya a la cárcel para toda la vida por causa mía. Me bastará con saber que ningún otro niño morirá asesinado.

—Eres muy generosa —murmuró Ignacio—. Y pareces haber pensado en todo.

—Así es —Nana respondió aparentando una calma que perdía por momentos frente a la incomprensible tranquilidad de Ignacio.

—¿Cuándo ocurrió el primer crimen? Tú debes recordar la fecha exacta puesto que fuiste a entrevistar a los padres del niño.

—Creo que fue el veintitrés.

—Bien, desde el veintiuno hasta el veintisiete yo estuve en una estación de invierno esquiando con unos amigos. Cualquiera de ellos lo confirmará. Y ahora, ¿cuándo mataron al segundo niño? El cinco por la tarde, ¿no es cierto? Era domingo y era la víspera de reyes, lo recordarás porque sólo hace diez días.

—¿Tampoco estabas en la ciudad? —el pretendido tono irónico se quebró en la voz de Nana; sentía la impresión de haber entrado en un terreno que se hundía bajo sus pies.

—No, pequeña, el cinco estuve toda la tarde reunido con algunos miembros del consejo de administración de la revista. Fue entonces cuando decidimos crear una nueva publicación. Puedes llamar a cualquiera de ellos ahora mismo si deseas comprobarlo... y de paso les presentas tu dimisión.

Nana supo que el hombre decía la verdad. Sintió algo parecido al vértigo, una ofuscación que enrojecía sus mejillas. Se puso en pie y caminó hacia la puerta del salón.

—Y también podrás comprobar —dijo aún el director— que cuando se recibió la famosa llamada anónima del asesino yo estaba en mi despacho. Me parece que tendrás que buscar otro culpable.

Nana se volvió hacia él y le miró con ojos turbios, acusando golpe tras golpe.

—Te di de plazo hasta hoy para que terminases con tus delirios de mujercita investigadora. Ahora te daré el plazo que marca la ley para que recojas tus cosas y abandones la revista.

No había duda de que se había equivocado. Y sin embargo sabía con la certeza de una corazonada que había llegado a estar muy cerca de la solución. Era una sensación casi física, una cuestión de atmósfera, de vibraciones, un trasfondo que aún latía equívoco tras la sonrisa petulante del director.

—Te pido perdón por mi torpeza, Ignacio —dijo—. Te aseguro que no le había hablado a nadie de mis sospechas. Se acabó, te lo prometo. No volveré a ocuparme de ese asunto ni a molestarte.

—Desde luego que no. Recibirás por correo urgente la carta de despido.

Así pues, todo había terminado. Se encogió de hombros y llegó hasta la puerta. Ahora sólo deseaba salir cuanto antes de aquella casa, reunirse con López y volver a la ciudad.

—Adiós —dijo poniendo la mano en el pomo de la puerta.

Abrió y se encontró con el hombre que había estado escuchando al otro lado de la puerta. No era López. Su presencia inesperada la hizo gritar ahogadamente.

—¿Te he asustado? —dijo él—. Lo siento, no pretendía hacerlo.

Lo recordó en seguida, por su gran parecido físico con Ignacio. Era aquel hermano suyo al que había conocido en el restaurante.

Y de pronto, inconvocadas, unas palabras parecieron resonar en su memoria. Eran fragmentos de una conversación trivial a la que en su momento no había concedido importancia. La voz de Beethoven, el conserje: «¿Su hermano ya está bien?» La voz de Ignacio: «Sí, fue un accidente sin importancia, pero destrozó su coche y ahora no hace más que usar el mío.»

Observó al hombre con más atención. Sí, ambos hermanos eran tan parecidos que la descripción de uno bien podía coincidir con la del otro. Buscó en la persona de Javier algún detalle que le distinguiese de Ignacio. Era tal vez un poco más joven, y parecía más fuerte. Contempló sus manos. Tenía los nudillos despellejados y con restos de sangre seca.

Él advirtió su mirada y miró también sus propias manos. De pronto la empujó nuevamente al interior de la habitación.

Todo ocurrió en un instante. Nana cayó al suelo. Ignacio permanecía inmóvil. El hombre, el asesino, cerró la puerta y guardó la llave en su bolsillo.

Incorporándose, Nana miró hacia el ventanal. Su única posibilidad consistía en alcanzarlo y saltar por él.

—Basta de tonterías —dijo Javier advirtiendo su mirada—, ni lo intentes siquiera.

Al tiempo que guardaba la llave había sacado de su bolsillo una pistola. Señaló con ella el sillón que había ocupado Nana.

—Siéntate ahí. Y no tengas la menor duda de que utilizaré esto si es necesario.

Nana obedeció la orden y miró retadoramente al hombre.

—La policía ha venido tras de mí —dijo—. En este momento ya deben...

—¿De dónde crees que he sacado esta pistola, estúpida? El policía que rondaba por aquí no nos molestará.

—Dios mío —murmuró Nana poniéndose en pie—, ¿qué has hecho con él?

Dio un paso hacia la ventana. La voz del hombre la contuvo.

—Aunque consigas salir, mis perros te destrozarán antes de que llegues a la carretera. Ahora están sueltos y, créeme, no es agradable lo que pueden llegar a hacerle a una persona: están bien entrenados. Y te aseguro que no hay nadie que pueda oír tus gritos.

Nana se volvió entonces hacia Ignacio, que permanecía frente a la chimenea. A su lado estaba el largo espetón apoyado junto al hogar. Un arma terrible, si conseguía alcanzarlo. Dio un paso en aquella dirección, evitando esta vez que su mirada la traicionase.

—¿Es que no vas a decir nada? —interpeló a Ignacio—. No puedo creer que seas su cómplice.

—No lo soy —respondió Ignacio hablando en realidad para su hermano—, aunque desde hace unos días sospechaba la verdad. No, ni siquiera era una sospecha, era sólo el presentimiento de que algo muy extraño te estaba ocurriendo, Javier. Intenté hablar contigo, ¿recuerdas? Pero tú no quisiste decirme nada. Y aun ahora no puedo creerlo. En nombre de lo que más quieras, ¿por qué? ¿Qué daño te habían hecho esos niños?

—Ya ves por qué no podía contar contigo ni sincerarme —habló Javier—: ni siquiera eres capaz de adivinar mis motivos, cuando son los mismos que los tuyos.

—Yo no tengo ningún motivo para hacer semejante monstruosidad.

Nana dio otro paso hacia el espetón.

—¿Te has olvidado de nuestros padres? Alguien debe castigar a esos niños por lo que hicieron.

Los ojos grises de Javier permanecían hipnóticamente fijos en el fuego, fascinados por las llamas.

Ignacio le miraba consternado. Nana pensó fugazmente que nada es más cruel que la pena y el estupor cuando descubrimos que no podemos reconocer a quien queremos. Ahí estaba tal vez la respuesta a su pregunta sobre el motivo de que Ignacio no se hubiese casado nunca: acaso había llevado su responsabilidad por el hermano al punto de dedicarse a protegerle y velar por él. En su trabajo había aprendido que muchas veces el que un loco esté dentro o fuera del manicomio depende exclusivamente de sus familiares. Ignacio había querido conservar con él a su hermano y desgraciadamente se había equivocado.

—Fue cuando tuviste el accidente, ¿verdad? —dijo el director—. Me di cuenta de que algo había cambiado en ti a raíz de aquel día. Dime, Javier, ¿qué fue exactamente lo que ocurrió?

—Ya lo sabes, no me hice nada. Pude saltar a tiempo mientras el coche caía.

—Pero tuvo que haber algo más, quizás un golpe en la cabeza, no sé, algo te ocurrió. Fue por entonces cuando adquiriste la costumbre de ir a menudo a la ciudad, y nunca me contabas dónde habías estado. ¿Fue algo que viste u oíste durante el accidente?

—¡No pasó nada! —gritó Javier impaciente y con voz aguda como la de un niño—. El coche cayó rodando y se incendió, eso es todo.

Ignacio volvió su mirada hacia el fuego de la chimenea y asintió silenciosamente para sí mismo.

—Un incendio. Las llamas te recordaron aquel otro incendio. Durante treinta años has estado expuesto a...

Nana se apoderó en aquel instante del espetón empuñándolo como una espada y se dispuso a atacar a Javier. Sin darle tiempo, Ignacio la aferró por la muñeca y le retorció el brazo obligándole a soltarlo.

—¿Es que no ves que está loco? ¿De parte de quién estás tú? —le increpó con los ojos llenos de lágrimas.

—Evidentemente, no en contra de mi hermano.

Se hizo un silencio que interrumpió de pronto el timbre del teléfono.

Ignacio descolgó el auricular y Nana aprovechó para gritar. En seguida Javier cortó la comunicación con una mano y con la otra amordazó a Nana.

—No deberías haber cogido el teléfono —dijo Javier ásperamente.

—Y tú no deberías haber cortado. Podía ser alguien de la revista dispuesto a acercarse hasta aquí. Eres tú quien lo ha complicado todo dejándote ver cuando ella estaba a punto de irse. Y ese policía del que has hablado, espero que no esté muerto.

—Con los perros sueltos, es como si lo estuviera. Pero sólo le di un golpe y lo até.

Nana se debatió con redoblada fuerza al oír aquellas palabras. Clavó sus dientes en la mano de Javier. El la soltó con un grito de dolor. Descargó contra ella un golpe con la mano que empuñaba el arma. Nana se echó a un lado esquivándolo por milímetros. No gritó ni suplicó. Con un recurso típicamente femenino, se defendió a puntapiés con sus botas camperas. El hombre retrocedió un paso enarbolando el arma.

Ignacio trató de interponerse entre ambos y sujetar el brazo de su hermano. Javier era más fuerte y estaba poseído por la furia; lo derribó de un empujón y atacó a Nana. Ella no supo esquivarle de nuevo y recibió de lleno el golpe. La culata de la pistola resonó contra su cráneo con un ruido sordo.

Cayó de rodillas, con los ojos nublados. Él apoyó el cañón de la pistola contra su frente. Ignacio le agarró por la muñeca y desvió el arma. Nana exhaló un gemido y cayó desvanecida suavemente sobre la alfombra.

Javier se volvió entonces hacia su hermano. Tenía la boca horriblemente torcida y su voz sonó como si procediera de otra persona.

—No vuelvas a ponerte en mi camino.

—Tienes que escucharme —dijo Ignacio retrocediendo—, reflexiona, la policía estará aquí dentro de poco. Y si los obligas a hacerlo dispararán contra ti.

Javier le escuchaba a medias, apuntándole con el arma.

—Debes entregarte —dijo Ignacio.

—Dijiste que no estabas contra mí.

—Y no lo estoy, Javier. Lo mejor para ti es entregarte por tu propia voluntad. Demostraremos que no eras responsable, ni siquiera irás a la cárcel.

—¿Qué crees tú que me harían?

—Tendrás que someterte a entrevistas con distintos médicos; no es tan malo, ya has pasado por eso. Y luego quizá te envíen a una clínica. Si tienes paciencia, en unos meses conseguirás el alta. Serás libre, no tendrás necesidad de huir. Vale la pena.

Los ladridos de los perros llegaron hasta ellos de pronto desde el exterior ya totalmente oscuro. Javier se volvió hacia la ventana. Su labio superior temblaba visiblemente.

—No —dijo—, no me entregaré. Aún estoy a tiempo de huir. Cogeré un avión a cualquier parte y dejaré pasar el tiempo. Cuando vuelva, ya nadie se acordará de mí.

—La policía no olvida. Tienen ordenadores, máquinas que te delatarán por más tiempo que haya transcurrido; lo más probable es que no consigas salir del país. No puedo dejar que te vayas, Javier. Voy a acercarme y me entregarás esa pistola.

—No des un solo paso.

—Sé que no dispararás contra mí.

Javier incorporó a Nana, que continuaba desvanecida, y la sostuvo con dificultad mientras retrocedía.

—Pero la mataré a ella si intentas detenerme.

No había la menor duda de que sería capaz de cumplir su amenaza. Ignacio tuvo que permanecer inmóvil mientras su hermano alcanzaba la puerta, abría y abandonaba la habitación llevando a rastras a Nana.

Oyó cómo Javier echaba la llave por fuera. Ni siquiera intentó forzar la puerta, sabía que era demasiado sólida. Fuera, los perros arreciaron sus ladridos.

Volvió en sí con un dolor lancinante en la nuca. Sentía los párpados extrañamente pesados y comprendió que tenía sangre en el rostro. Cuando fue a limpiarse, halló sus brazos inmovilizados. Le habían atado las manos a la espalda. Frente a él, los perros gruñían sordamente. Los habían soltado, y le vigilaban enseñando los dientes y con el cuerpo en posición de ataque.

López les gruñó a su vez y forcejeó para liberarse las manos. Le habían atado muy precariamente, sin duda confiando en que los perros se bastarían para mantenerle inmovilizado. Comprendió, a causa del dolor, que habían utilizado un alambre. Lo sintió clavarse en su carne, pero no parecía demasiado grueso. Un alambre delgado, si se dobla varias veces por el mismo punto, termina por romperse. Giró sus manos en direcciones opuestas una y otra vez. Estaba en el suelo y los movimientos que hacía no constituían motivo suficiente para que los perros se lanzasen sobre él. Sentía fuego en las muñecas y los ojos se le llenaban de lágrimas.

De pronto, se encontró con los brazos libres. Procurando moverse lentamente, se frotó las muñecas laceradas y fue poniéndose en pie.

Los perros ladraron aproximándose aún más. Buscó la pistola con un movimiento reflejo, pero la funda estaba vacía. Miró en derredor; en un lugar como aquel debía haber algo que le sirviese de arma.

Vio, demasiado lejos, una serie de aperos colgados en la pared del cobertizo; un bieldo, una desbrozadora, palas. Pero los perros no le permitirían llegar hasta allí.

La puerta no estaba cerrada. Si encontraba un medio de entretener a los animales durante unos segundos, quizá podía alcanzarla antes de que reaccionasen.

Había un mango de herramienta cerca de él, entre unos sacos. No era demasiado largo pero siempre sería mejor que nada. Tiró de él y al instante sintió una inmensa alegría: no era sólo un mango sino la herramienta completa. Se trataba de un hacha, sin filo y mellada pero con ella en la mano no temía a ningún maldito perro.

El verle armado los excitó aún más y se dispusieron a saltar sobre él. Mantuvo el hacha extendida ante sí como una lanza en lugar de enarbolarla; era el momento de poner en práctica las enseñanzas de las clases de defensa. Dio un paso atrás preparándose para repeler el ataque, las piernas bien separadas para repartir mejor el peso del cuerpo.

El primer perro saltó hacia él.

López sabía que aquel era el instante decisivo, que no podía permitirse un solo error. Golpeó al animal de abajo arriba. El hacha chocó contra las fauces del perro. La sangre salió en un verdadero chorro. El perro dio una vuelta completa en el aire y cayó patas arriba aullando. López retrocedió entonces rápidamente. Alcanzó la puerta cuando los otros perros se disponían a acometerle.

Cerró en el último segundo. Oyó a su espalda un estrépito de cristales rotos y se volvió disponiéndose a repeler un nuevo ataque. Todo su cuerpo temblaba, tenía sangre por todas partes y sin darse cuenta gruñía él también como un perro rabioso.

Ignacio apareció ante él sacudiéndose los trozos de cristal.

—No conseguía abrir la maldita ventana, estaba encallada. Dios mío, tiene usted un aspecto espantoso.

—¿Dónde está Nana? —preguntó López sin soltar el hacha.

—Mi hermano se la ha llevado.

Los perros habían callado momentáneamente al oír la voz de Ignacio, y durante aquellos instantes de silencio ambos hombres pudieron percibir el sonido de un motor que se ponía en marcha.

—¡Es él! ¡Tenemos que detenerlo! —gritó Ignacio.

Corrieron ambos dando la vuelta a la casa. Los perros ladraban de nuevo furiosamente. El coche rodaba ya por el pedregoso camino. López arrojó el hacha con un gesto de rabia.

—¿Dónde está su coche? —preguntó.

—Es ése, no hay otro en la casa.

—Si le hace algo a ella —mascculló López—, mataré a ese loco con mis propias manos.

Corrió hasta su coche y se lanzó hacia la carretera a través de los campos.

Mientras pedía refuerzos por radio no cesó de pisar a fondo el acelerador. Había perdido momentáneamente de vista el coche del asesino pero confiaba en divisarlo muy pronto, pues la ventaja que le llevaba no era grande.

En la emisora de la policía tenían un mensaje para él.

—Llamó Orgaz, el embajador. Dijo que había recordado algo que podía ser importante. Te pongo la grabación.

López oyó la voz del embajador, un tanto insegura, como si no estuviese convencido de que hacía bien en dejar aquel mensaje:

—Esto es absolutamente confidencial, inspector, y la verdad es que dudo que tenga relación con los asesinatos de esas pobres criaturas. Se trata de algo que he recordado repentinamente. Resumida de la manera más sucinta, la historia es ésta: hace muchos años, la imprudencia de unos niños causó un incendio que dejó huérfanos a dos hermanos, Ignacio y Javier Funes. Me interesé por ellos porque su padre había sido un buen amigo, y supe que sus abuelos se hicieron cargo de ambos. Yo me fui a vivir al extranjero; mucho después, de vuelta en España, supe que el menor de los hermanos, Javier, había tenido ciertos problemas... —allí había una pausa, un titubeo— mentales. Una tendencia a la depresión, o algo parecido. Ignacio se instaló en una vieja casa de campo y lo llevó a vivir con él, y por lo que sé el pequeño ya no volvió a sufrir ningún problema... En fin, espero que no haga uso de esta confidencia si no es absolutamente imprescindible.

—Demasiado tarde —gruñó López.

Dio el mensaje por recibido y cortó la comunicación, aunque dejó conectada la emisora. Así tuvo noticias de lo ocurrido en el museo —al parecer, el vigilante estaba fuera de peligro— y supo que esa misma tarde se habían puesto numerosos colegios bajo vigilancia policial.

Adelantando temerariamente por la izquierda y por la derecha, sin hacer caso del enfurecido sonar de los cláxones, siguió ganando terreno.

Con la salida de los colegios, y de un buen número de oficinas y fábricas, comenzaba la hora punta.

—¡Vamos, vamos, vamos! —se impacientaba López, mordiéndose el bigote y con la mirada fija en los coches que le precedían.

Un camión apareció de improviso por un camino lateral a su derecha, y tuvo que detenerse perdiendo unos segundos preciosos. Aprovechó para coger la luz intermitente que llevaba bajo el asiento y ponerla en el techo.

Tan pronto como el camionero hubo dejado el espacio justo para pasar, se lanzó de nuevo sabiendo que todo quedaría decidido en los siguientes segundos.

Y de pronto, en el instante mismo en que entraba en la ciudad, a punto de perder la esperanza, lo vio. Un coche grande, con la palabra «prensa», dos ocupantes.

Reconoció a Nana. Con los dientes apretados por la furia, advirtió que ella no se movía.

Nana parpadeó con un gesto de dolor. Frente a ella, las luces de la ciudad eran como una tela impresionista de colores vivos pero difusos. Le costó varios segundos conseguir que su vista desenfocada comenzase a captar los contornos y que su mente estableciese las necesarias asociaciones.

Javier, el hermano de Ignacio, había matado a aquellos niños. La había golpeado a ella. La llevaba a modo de rehén. Pensó en López: ¿iba tras ellos? Debía evitar volverse para comprobarlo. Que Javier continuase creyéndola inconsciente. De lo contrario sería capaz de golpearla de nuevo.

Lo miró de reojo. Conducía con sus ojos grises concentrados en el tráfico. Una especie de pavorosa sonrisa desfiguraba su boca. No se preocupaba de ella y Nana pudo mirar, cuidando de no moverse, al retrovisor.

Se oía una sirena tras ellos.

Javier también tenía que haberla oído, pero en lugar de echarse a un lado apuraba al máximo las posibilidades de un tránsito cada vez más intenso.

Tuvo que hacer un doloroso esfuerzo para no delatarse. Si sabía esperar, antes o después tendría una oportunidad.

Pero no debía precipitarse, no debía mover un solo músculo, ni mucho menos intentar apoderarse de la dirección del coche; sabía por experiencia que un coche era para ella una máquina poco menos que incontrolable.

Habían recorrido una larga avenida en las afueras y estaban aproximándose a un semáforo cerrado, cuando de pronto Javier metió el coche por una callecita lateral.

Nana no había estado muchas veces en aquella parte de la ciudad. Recordaba el nombre del barrio, La Floresta, porque unas semanas antes había estado en él entrevistando a los padres del primer niño asesinado. Era un barrio tranquilo, de casas bajas, modestos chalecitos con jardín. Había, como hay siempre en esa clase de barrios, abundancia de guarderías infantiles y colegios.

El coche de López apareció por la esquina. Javier soltó una maldición al advertir que, además, el otro extremo de la calle estaba bloqueado.

Nana vio la fila de niños que cruzaban para subir a un autobús aparcado en la acera de enfrente. Los más rezagados salían del colegio alborotando. Un guardia municipal vigilaba para que cruzasen sin peligro. Había también, aparcado sobre la acera de la estrecha calle, un coche de la policía nacional.

Aquella era la oportunidad para Nana. Los niños, precisamente. Javier no se atrevería a lanzarse sobre ellos estando allí la policía.

Se echó sobre él y trató de desviar el volante mientras su pie se apoyaba sobre el del hombre aplastando el freno. El coche derrapó hasta casi dar la vuelta y encararse con el que les perseguía. Nana abrió entonces la puerta y se tiró. Cayó rodando sobre la acera, pero en seguida pudo ponerse en pie. Estaba ilesa. Entonces, todo se precipitó ante su mirada atónita.

López detuvo el coche evitando el choque por muy poco. Algunos niños gritaron al fondo de la calle y retrocedieron hacia el colegio. El guardia apartó de la calzada a los demás. Los policías dudaban entre bloquear la calle con su vehículo o salir de él para averiguar lo que ocurría. El coche de Javier había continuado girando hasta completar la vuelta.

Nana sintió que la sangre de sus venas se convertía en hielo cuando el hombre hizo rugir el motor del coche y se lanzó hacia adelante en una imposible huida. Por unos momentos, pareció que todo podía suceder, que Javier lograría abrirse paso entre la barrera que apresuradamente habían formado los hombres de uniforme. Los vio saltar a un lado en el último instante; oyó gritar a los niños; contempló cómo el coche chocaba contra el autobús escolar, se empotraba en él. Fue como una explosión, un ruido horrísono de metal despedazado que saltaba como metralla.

López llegó a su lado y la abrazó. Los policías pedían por radio una ambulancia aunque era evidente que ya nada podía hacerse por Javier.

Se sentía infinitamente cansada, pero por nada del mundo hubiera querido volver a desvanecerse.

—Vámonos —dijo López—. Te llevaré a casa. Todo ha terminado.

Indice

MANUEL L. ALONSO

Hombre de múltiples oficios, fue encargado de una librería, ejecutivo, crítico de cine y de teatro, colaborador en diversas revistas y viajero reincidente. Ha vivido en una docena de pueblos y ciudades, casi siempre frente al mar, y ha publicado, bajo diversos seudónimos, cerca de ciento cincuenta relatos para adultos e importantes revistas, y dos compilaciones de cuentos (*Relatos a la carta e Historias de amor y desamor*). Desde hace dos años cultiva de modo preferente la literatura infantil y juvenil, que ha enriquecido con siete libros. Obtuvo varios premios en concursos literarios, y en 1989 consiguió el Premio Altea.

CARTA AL AUTOR

Los lectores que deseen ponerse en contacto con el autor para comentar con él cualquier aspecto de este libro, pueden hacerlo escribiendo a la siguiente dirección:

Colección ESPACIO ABIERTO
Grupo Anaya, S. A.
Juan Ignacio Luca de Tena, 15. 28027 MADRID

OTROS TÍTULOS DE ESTA COLECCIÓN

Todos los detectives se llaman Flanagan
Andreu Martín y Jaume Ribera

Flanagan se ve implicado en una historia de chantaje colegial y en otro asunto más peligroso. En el transcurso de la aventura hará un doble descubrimiento: el de un negocio de bebés robados y el reconocimiento de que se está haciendo *definitivamente* mayor. El humor recorre las páginas de esta novela sin dejar de lado un visión crítica.

Llámame simplemente Súper
Reinhold Ziegler

Walter, a instancias de un psicólogo social, decide contar su peripecia real. En esa nueva situación descubrirá que puede tener amigos que lo acepten tal cual es, sin necesidad de inventarse comportamientos asombrosos.

El impostor
Manuel L. Alonso

Cuando muere su madre, Eduardo es enviado por sus familiares a casa de un tío suyo. En su compañía vivirá ciertas aventuras, a veces no exentas de riesgo. Pero también conocerá algo más: su tío, precisamente por su impostura, resultará ser una fuente de sorpresas tanto para el personaje como para el lector.

Volví para mostrarte que podía volar
Robin Klein

Esta novela habla de la amistad entre dos seres solitarios. Un niño de once años, de padres separados, conoce durante unas vacaciones a una chica de veinte, con la que podrá relacionarse de igual a igual. Este vínculo parece convertirse en un estímulo para que la joven, que resulta ser drogadicta, acepte someterse a una cura de desintoxicación.

El ídolo de Aruba
José Ferrer Bermejo

Silvestre, a sus catorce años, se ve obligado a llevar una vida agitadísima, porque su padre tiene el socorrido oficio de ladrón. Ambos se introducirán en una secta religiosa, que posee un valioso idolillo de obsidiana, para apropiarse de él. Sus deseos se verán frustrados de una forma tan original como sorprendente.

Parecido S. A.
Juan Sasturain

Hay gente que no es parecida a nadie en particular, sino parecida en general, como el protagonista de esta historia, que se ve envuelto en una serie de aventuras impredecibles y asombrosas precisamente por ser parecido en general.

Cero a la izquierda
Andreu Martín

Luis Ramis descubre con perplejidad que para Héctor Serralada, un empollón que iba para abogado, él ha sido y es su mejor amigo. Héctor se ve mezclado en un homicidio y todos creen que Ramis sabe su paradero. Luis comenzará la búsqueda de Héctor, que ahora ha cambiado de vida y es una especie de *playboy* que trabaja en una discoteca. La investigación le hará descubrir aspectos ignorados de la ciudad y conocer a la atractiva y misteriosa Olga.

El cartero siempre llama mil veces
Andreu Martín y Jaume Ribera

En una revista del corazón aparece un anuncio supuestamente escrito por Silvia, la empollona del instituto que desconfía del mundo exterior y que cree que es posible comprender la vida a través de los libros sin necesidad de vivirla. A partir de ese momento vivirá una vertiginosa peripecia que le demostrará que estaba equivocada.

Los dedos de Walt Disney
Juan Sasturain

Nacho se traslada temporalmente con sus hermanos y su madre —dibujante de cómics— a una casa en la zona residencial donde vive Débora, *la chica del champú*. Después de muchas vicisitudes, entre las que se encuentra la captura de unos ladrones, logrará conquistar a Débora y reflexionar acerca de sus propios conflictos.

Ana y el detective
Jaume Fuster

Ana, gran lectora de novelas policíacas, quiere contratar los servicios de Luis Arquer para que investigue qué le sucede a su padre. Después de algunas vicisitudes, Arquer aceptará el encargo. Los conocimientos de informática de Ana serán decisivos para el esclarecimiento del caso. El contraste entre el escepticismo de Arquer y la candidez de Ana permanecerá en la memoria del lector.

Vampiro a mi pesar
Andreu Martín

Ilya es un joven que vive en una aldea perdida del centro de la Europa del siglo XVII. Su vida podría haber sido tan rutinaria como la de los lugareños, pero todo cambia a partir del momento en que para los otros y para sí mismo se transforma en vampiro. Una lúcida y regocijante metáfora que hará reflexionar con una sonrisa en los labios.

Mujer de ojos marrones
José Ferrer Bermejo

El padre de Silvestre involucra a su hijo en una venganza personal. Humor y acción recorre las páginas de esta novela. Silvestre, en el curso de una trepidante aventura relacionada con el robo y falsificación de un valioso cuadro, conocerá a un curioso personaje que enriquecerá su mundo afectivo.

Tripi

Hans-Georg Noack

Michael admira en Thomas sus cualidades de líder y la seguridad y aplomo que transmite. Pero Thomas empieza a frecuentar una discoteca en la que conoce a Norbert, quien poco a poco lo irá introduciendo en el mundo de la droga. Cuando Thomas quiere dejar ese mundo no le resulta fácil. Se verá implicado en un caso de aparente homicidio y sólo contará con la ayuda de su amigo Michael.

Cuando calla el ruiseñor

Isolde Heyne

Corre el año 2035. La avanzada contaminación del medio ambiente ha provocado la aparición del virus V27-7, que ocasiona una enfermedad mortal a quien lo contrae. Maret Jansen, que ha vivido con relativa despreocupación en una lujosa zona residencial altamente protegida de los perjuicios propios del desastre ecológico, descubre que está infectada. Desde ese momento Maret se cuestiona sus pensamientos anteriores: el tiempo de la indiferencia ha terminado.

Como un espejismo

Maria Mercè Roca

Durante un verano un muchacho de pueblo conoce a una chica de ciudad con la que descubre el amor. Su relación con ella le traerá muchos sinsabores y dividirá para siempre las cosas y el tiempo entre el antes y después de aquel verano.

No te laves las manos, Flanagan

Andreu Martín y Jaume Ribera

En esta nueva ocasión, Juan Anguera, Flanagan, emprende una peligrosa investigación para demostrar la inocencia de un rival amoroso que ha sido detenido por la policía, mientras en su barrio hierve una insurrección racista. Sin perder el sentido del humor, Flanagan pone en juego no sólo su integridad física sino también su integridad moral.

Cuatro gatos
Enrique Ventura

Tom, que ido a practicar buceo al pantano de Valmoro, en la sierra de Gredos, conoce a Bianca, hija de un científico investigador de las fuentes alternativas de energía. Su amor por ella le hace participar en una peligrosa empresa. La acción y el humor se conjugan en esta fascinante historia, no exenta de una seria reflexión sobre el mundo en que vivimos.

El secreto de Heinrich
Jo Pestum

Heinrich, el «nuevo» de la clase, se comporta de forma diferente y además tiene un aspecto extraño: parece un indio. Es más valiente que los demás. Es el único que se enfrenta a la mafia de la escuela, que acecha a los alumnos más jóvenes y los chantajea. También es un amigo estupendo. Pero existe algo oscuro: nadie sabe dónde vive y, cuando habla de su familia, incurre en numerosas contradicciones...

Andar entre las estrellas
José María Beá

Alex inicia un viaje a lo largo de la Transmundial, una autopista que da la vuelta al planeta. Tras un extraño «accidente», Alex será condenado al Penal Espacial de Ónix. Un S.O.S. intergaláctico les permitirá a él y a sus compañeros de aventuras conocer el planeta Orgán, donde descubrirán una conspiración que pone en peligro el destino de la Tierra.

¡Qué me vas a contar de los marcianos!
Enrique Ventura

Spike trata de mantener en secreto su verdadero nombre —Pablo Alfonso— y el hecho de que toca el violín. A su clase se incorpora *La Biónica*, una chica guapísima cuyo único inconveniente es ser superdotada. Una noche en que Spike la acompaña a su casa, suceden acontecimientos extraños que constituirán el origen de una asombrosa aventura cuyo desenlace sorprenderá al lector.

El amigo Malaspina
Andreu Martín

«¡Cuéntanos cómo conociste a Malaspina, Otis!» Ésta es la reiterada petición que los compañeros de prisión hacen al narrador protagonista de *El amigo Malaspina*. Otis se hace de rogar. A medida que desgrana la historia, los prisioneros olvidan el claustrofóbico espacio de la cárcel, para navegar con él por las aguas del Pacífico, a bordo de las corbetas *Atrevida* y *Descubierta*, conocer tierras lejanas, nativos de extrañas costumbres, la temeridad de la bella Anabel de Mondragón, y asombrarse ante la conducta ejemplar de ese «héroe necesario» que es Alejandro Malaspina.

Hasta lo que sea
Martha Humphreys

Karen se entera de que una compañera de estudios está enferma de sida. Ambas coinciden en las clases y les toca compartir pupitre. Todos sugieren a Karen que pida que le cambien de sitio, pero el recuerdo de la amistad que mantuvieron años atrás y una conducta solidaria, hacen que siga a su lado. A partir de ahí Karen tendrá que luchar contra sus propios temores y los prejuicios de quienes la rodean.

Flanagan de luxe
Andreu Martín y Jaume Ribera

Flanagan, que no puede, no sabe o no quiere negarle nada a Nines, de pronto se ve convertido en guardaespaldas de Ricardoalfonso, que ahora se hace llamar Erreá. Duro trabajo que también tiene sus recompensas, como el pasar del bullicio vocinglero de su barrio a la calma y el lujo de una mansión en lo más selecto de la Costa Brava. Quizá Flanagan no había imaginado nunca que llegaría a pasar un Agosto por todo lo alto o a hacer cosas como ir de marcha por la llamada Senda de los Elefantes o pilotar un velero, pero la verdadera sorpresa que le espera no es precisamente ésta.